13,50

Aminata Sow Fall

Die wundersame Verwandlung des Bakar Diop

Roman

Aus dem Französischen von
Cornelia Panzacchi

Lamuv Taschenbuch 233

Originaltitel: Le Revenant

Das Papier des Buchblocks besteht zu 100 Prozent aus Altpapier

98 99 00 01 7 6 5 4 3 2 1

1. Auflage 1998
Deutsche Erstausgabe

Umschlaggestaltung: Gerhard Steidl
unter Verwendung eines Fotos von Horst Munzig
Gesamtherstellung: Steidl, Göttingen
Printed in Germany
ISBN 3-88977-503-9

Meinen Eltern

1.

Es ist früher Morgen an diesem Tag, an dem sich jedermann ein bißchen mehr ausruhen kann als gewöhnlich, sogar diejenigen, die die ganze Woche über in der Langeweile der beschäftigungslosen Tage ertrinken. Denn es ist Sonntag, und obwohl es noch früh ist, schreien und laufen in den Straßen der *Gueule-Tapée* die Kinder, steuern imaginäre Autos und fliegen ebensolche Flugzeuge. Gruppen von Frauen sind unterwegs zum Markt und erzählen sich reihum den Klatsch vom Vortag; die Straßen hallen wider von ihrem Lachen. Schon sitzen in den Haushöfen beherzte Mädchen vor großen Wasserschüsseln; sie spülen das Geschirr und schrubben die Kochtöpfe: Das ergibt ein ohrenbetäubendes Konzert. Und bei Tante Ngoné wälzt sich Bakar unaufhörlich in seinem Bett herum und entdeckt wieder einmal, das sich nie etwas ändert, nicht einmal an einem Sonntag.

»Es ist hier nicht möglich zu schlafen«, murrte er und setzte die Füße auf den Boden. Trotz der frühen Stunde – es war erst sieben Uhr morgens – war es im Zimmer bereits sehr hell, und als er das Fenster öffnete, um die Luft zu prüfen, merkte er, daß es an diesem Tag wieder heiß werden würde.

Als er das Zimmer von Tante Ngoné betrat, saß sie auf einer Matte und faltete indigogefärbte Stoffstücke zusammen. Auf einem kleinen Hocker, der vor einem

Sessel stand, waren ein Leinensack mit dem Brot, ein Päckchen Zucker und eine große Tasse mit einem Löffel. Als sie ihren Sohn erblickte, erhellte ein Lächeln ihr Gesicht. Sie grüßten sich gemäß dem alltäglichen Ritual, dann fragte sie: »Wie kommt es, daß du schon aufgestanden bist? Wir haben doch heute Sonntag.«

Bakar lächelte nur. Er konnte seiner Mutter nicht erklären, daß für ihn ein Tag so war wie jeder andere. Ihr, der es selbstverständlich war, in ihrer kleinen Welt zu leben, konnte er nicht sagen, wie sehr ihn die langen Tage deprimierten, die er mit Nichtstun verbringen mußte. Er wußte, daß es ihm nie gelingen würde, seiner Mutter dies klarzumachen. Denn wie sollte sie begreifen, daß er in diesem Haus nicht glücklich war, in dem es ihm doch an nichts fehlte – weder an mütterlicher Liebe noch an Kleidung oder Nahrung. Was konnte, so dachte Tante Ngoné, einem Mann zum Glücklichsein sonst noch fehlen? Arbeit? Nun gut, die würde auch noch kommen, sobald es Gott gefiel, denn alles hängt von Gott ab. Alles zu seiner Zeit.

»Ist Papa noch nicht aus der Moschee zurück?«

»Er hatte gesagt, daß er danach zu Bigué gehen würde. Er kommt sicher nicht vor Mittag zurück. *Ouakam* ist so weit weg!«

Bakar ließ sich den gebratenen Fisch schmecken, der von gestern übriggeblieben war. Er tunkte mit der Gabel kleine Brotstücke in die Tomatensauce ein. Als er die Schüssel wieder mit dem Aluminiumdeckel zugedeckt hatte, rief Tante Ngoné: »Nabou, bring den *Quinquéliba*!«

Ein junges Mädchen mit sanften Rehaugen kam mit einer Kanne und goß eine kochendheiße Flüssigkeit in die Kaffeeschale, die Bakar ihr lächelnd hinhielt, bis er ausrief: »He! Das reicht, du kannst doch nicht die ganze Kanne da reingießen!«

Nabou neckte Bakar immer ein bißchen. Er kannte sie schon sehr lange, mochte sie gerne und zeigte es ihr auch, schon seit sie noch ganz klein gewesen war. Als sie fünf Jahre alt war, hatte ihre Mutter sie Tante Ngoné anvertraut. Während andere behaupteten, er habe einen schwierigen Charakter, war Nabou nicht dieser Ansicht. Für sie war er ein bißchen ihr Beschützer und ihr Spielgefährte, trotz des Altersunterschieds: Er war siebenunddreißig, sie erst fünfzehn! Er zwickte sie in den Arm, und sie zog sofort die Kanne weg, stieß einen kleinen Schrei aus, schnitt eine Grimasse und sagte: »He! Du bist böse!«

Bakar schnitt auch eine Grimasse. Er war wieder fröhlich, wie immer, wenn er mit Nabou zusammen war.

»Sie ist wirklich nett«, dachte er. »Sie ist die Schwester, die mir fehlt. Wie natürlich sie ist, wie anders als die anderen! Die anderen sind alle verrückt, außer Bigué, vielleicht. Ja, Bigué ist trotz allem auch anders als die anderen. Yama ist wirklich verrückt; und was Fanta betrifft, so scheint sie zu glauben, aus dem Schenkel Jupiters geboren zu sein.«

Er schaute auf die Uhr und sah, daß es zehn war.

Tante Ngoné fragte ihn: »Willst du ausgehen?«

»Ja, ich mache einen kleinen Spaziergang in der Stadt, bevor es zu heiß wird. Wenn ich zum Mittagessen nicht da bin, braucht ihr nicht auf mich zu warten.«

Es war nur eine rhetorische Frage gewesen. Tante Ngoné wußte, daß Bakar den Sonntag nie zu Hause verbrachte, sie hatte nur etwas sagen wollen, um das Schweigen zu brechen. Seit ihr Sohn erwachsen geworden war, hatte sich so etwas wie eine Schranke zwischen ihnen beiden aufgebaut. Eine sehr weibliche Zurückhaltung, die sie ihrer Erziehung verdankte und die ihr verbot, den Dingen jemals auf den Grund zu gehen, machte es ihr unmöglich, ihrem Sohn Fragen zu stellen. Sie hatte sehr wohl eine Veränderung bemerkt, denn Bakar war nicht mehr so fröhlich wie früher und auch nicht mehr so gesprächig. Aber sie sagte sich stets: »Das Leben ist eben so. Je älter man wird, desto ruhiger wird man.«

Bakar ging aus dem Haus; er wollte zu Sada.

Auf dem Markt der *Medina* wimmelte es nur so von Menschen. Die Sammeltaxis, die aufgereiht am Bordstein standen, füllten sich in schwindelerregend kurzer Zeit mit Fahrgästen und fuhren mit quietschenden Reifen davon. Kleine, in Lumpen gekleidete Koranschüler rissen den Hausfrauen die Körbe aus den Händen; diese protestierten zuerst und ließen sie dann aber gewähren. Die Lehrlinge der Taxifahrer riefen mit belegter Stimme: *»Grand-Dakar Isine! Grand-Dakar Sicap! Colobane-Isine!«* Bakar wurde von einem regelrecht entführt, nachdem er ihn hatte wissen lassen, daß er in die *Sicap* fahren wollte. Der Lehrling stopfte ihn ins Wageninnere: zwei seitliche Bänke und eine quer dazu, hinten an der Rückwand der Fahrerkabine, auf denen die Fahrgäste so viel Platz hatten wie Sardinen in der Büchse. Hausfrauen balancierten auf ihren Knien Kalebassen mit Lebensmitteln, von denen der beißende Geruch des Trockenfisches und des *Yêt* aufstieg. Bakar setzte sich auf die mittlere Bank zwischen zwei Frauen, die von wahrhaft imposanter Körperfülle waren. Sie erhoben sich etwas, damit er sich setzen konnte, so daß er schließlich zwischen ihnen eingeklemmt war wie die Füllung in einem Sandwich und sich überhaupt nicht mehr bewegen konnte. Die, die rechts von ihm saß, trug ein großes Kopftuch aus bedruckter Baumwolle. Sie hatte es so gebunden, daß ein Zipfel auf ihre Schulter herabfiel. Jedesmal, wenn sie sich umdrehte, schleuderte sie unbekümmert Bakar diesen Zipfel ins Gesicht. Sie vertrieb sich die Zeit damit, sich die Zähne mit einem Kaustäbchen zu reinigen, das mindestens dreißig Zentimeter lang war. Ab und zu beugte sie sich aus dem Fenster, um die Holzfasern hinauszuspucken.

Bakar hatte mehrmals mit einer leichten Handbewegung den Tuchzipfel aus seinem Gesicht entfernt.

Der Lehrling stand in der Mitte und kassierte, während der Wagen gerade durch den Stadtteil *Fass* fuhr. Bakars Nachbarin beugte sich hinunter, um ihr Portemonnaie aus einer Tasche zu holen, die zwischen ihren Füßen auf dem Boden stand; als sie sich wieder aufrichtete, flog ihr Kopftuchzipfel erneut zu Bakar hinüber. Dieser schützte instinktiv sein Gesicht mit der Hand und sagte dann: »Schwester, entschuldige, aber richte bitte dein Kopftuch.«

Alle Mitfahrer sahen ihn jetzt an.

»Was?« fragte einer arrogant. »Ein Kopftuchende kommt dir zu nahe, und du machst ein Theater! So was hat man noch nicht gesehen! Wenn man in so einem Wagen fährt, kommt man unweigerlich mit anderen in Berührung . . .«

»Einverstanden, aber sie hat mir wehgetan . . .«

Die Frau hatte nicht einmal Zeit, ihm zu antworten; andere taten es für sie.

»Nur der Wagen hat uns hier zusammengebracht, wir wohnen nicht darin, man braucht nur etwas Geduld.«

Es war die andere dicke Frau zu seiner Linken, die diesen Gedanken beisteuerte. Ein Fahrgast fügte hinzu: »Sie ist nur eine Frau! Man streitet sich doch nicht mit Frauen, was soll das!«

Die Frau mit dem Kopftuch fing an zu lachen, so daß man ihr vollkommen schwarzes Zahnfleisch sehen konnte, und rieb ihre weißen Zähne heftig mit dem Kaustäbchen. Sie zog ihren *Boubou* zurecht, um bequemer zu sitzen, und entblößte dabei einen runden, ebenholzschwarzen Arm, der am Handgelenk mit einem Armband geschmückt war; die Farbe des Arms bildete einen furchtbar krassen Kontrast zu ihrem Gesicht und ihrem Hals. Das war die Wirkung des *Xeesal*. Obwohl sie eigentlich eine hübsche Frau war, hatte sie es doch für notwendig befunden, die Natur zu korrigieren, indem sie ihre Haut aufhellte.

Bakar hielt es für besser, nicht auf seiner Bitte zu bestehen.

Als das Sammeltaxi sich dem Kreisverkehr der Sicap Liberté näherte, klopfte der Lehrling dreimal auf das Wagendach; der Chauffeur hielt an, und Bakar konnte aussteigen.

Es war sehr heiß geworden. Auf Bakars Stirn perlte der Schweiß. Er zog ein Taschentuch aus der Hosentasche und trocknete damit sein Gesicht. Sein *Anango* klebte an seinem Rücken. Nirgends war Schatten. Bakar beschloß, den restlichen Weg unter den *Nîmes*-Bäumen zurückzulegen.

Die Straßen von *Dieppeul* waren fast menschenleer.

In Sadas Haus erkannte man Bakar sofort an seiner Art zu läuten. Sie blieb immer die gleiche: ein langes Klingeln, dem zwei kurze Klingeltöne folgten; das Ganze wiederholte er so lange, bis jemand kam, um ihm aufzumachen. Sobald ihn die Kinder hörten, liefen sie zur Tür, denn sie warteten jeden Sonntag auf ihn; er kam fast immer um die gleiche Zeit. Alle zusammen skandierten sie: On-kel Ba-kar! Sobald Bakar ins Haus trat, stürmten sie auf ihn los. Er trug sie auf dem Rücken, auf den Schultern, auf dem Kopf, warf sie wie Bälle in die Luft und fing sie wieder auf. Seine Liebe zu Kindern war grenzenlos. Immer, wenn er unter Kindern war, erwachte in ihm die Erinnerung an seine liebe, kleine Bigué, die viel zu früh gestorben war. Die unermeßliche Liebe, die er in seinem Herzen trug und die er nie jemandem hatte mitteilen können – mit ihr hatte er sein erstes Kind überschütten wollen. Das Schicksal aber hatte anders entschieden. Eines schönen Tages begriff er, daß der Mensch nichts anderes besitzt als seine Träume und seine Hoffnungen, denn die kleine Bigué, der er den Namen seiner Lieblingsschwester gegeben hatte, wurde im Alter von fünf Jahren durch Kinderlähmung aus dem Leben gerissen. Danach kam der Schock, und um ihn herum stellte sich Leere ein. Nun blieb ihm nur noch Sada, der Freund aus Kindertagen, sein Freund für immer; und nur, wenn er mit Sadas kleiner Familie zusammen war, konnte er seine Einsamkeit vergessen.

So widmete er jeden Sonntag eine gute halbe Stunde den Kindern, unterhielt sie mit Spielen und Scherzen, ging auf alle ihre Einfälle ein und schlug ihnen keinen Wunsch ab.

Im Hof saß Maïmouna, Sadas Frau, vor zwei großen *Fourneaux* und schien die Vollendung der Gerichte zu überwachen. Auch sie hatte der Versuchung des Xeesal nachgegeben, und ihre Haut war so hell wie die einer Mulattin; nur ein paar wenige Flecken, die in ihrem Gesicht zurückgeblieben waren und wie Narben von Verbrennungen aussahen, verrieten, daß hier eine Bleichcreme am Werk gewesen war. Auf ihren Händen und Füßen konnte man schöne schwarze, geometrische Figuren bewundern; sie waren mit Henna ausgeführt und hoben sich von der Haut deutlich ab. Sie war fünfunddreißig Jahre alt und schien kaum älter zu sein als dreißig. Sie kleidete sich immer elegant und trug an diesem Tag einen kurzen Boubou, der am Halsausschnitt bestickt war, und einen Wickelrock aus dem gleichen hellblauen, mit Lamé durchwirktem Stoff. Unter ihrem Tuch, das sie nachlässig auf ihren Kopf gelegt hatte, konnte man schöne Zöpfe erkennen, die aus schwarzem Kunsthaar geflochten und oben auf dem Kopf zu einem Knoten zusammengefaßt waren, so daß ihr die Enden locker in den Nacken fielen. An den Ohren hatte sie kleine, längliche weiße Ohrringe, die zu einem Armband aus feinen Perlen paßten, das sie am rechten Handgelenk trug. Als sie Bakar erblickte, zeichnete sich auf ihrem Gesicht ein Lächeln ab.

»Wie geht es dir, *meine Frau*?«

»*Mein Mann*, es geht so. Aber man erstickt vor Hitze.«

»Ach ja! Solange es nicht regnet, wird es so bleiben.«

»Geh hinein, Sada ist mit den Freunden im Salon.«

Es war ein großer rechteckiger Raum, gleichzeitig Wohn- und Eßzimmer. In der Nähe des Eingangs standen etwa zwanzig Männer herum und verfolgten mit leidenschaftlichem Interesse das *Belote*-Spiel. Oh, diese Belote, die Ehepaare gegeneinander aufbringt, die Verbindungen sprengt; eine Feindin der Gesellschaft! Sie konnte dort, in Sadas Wohnzimmer, vierundzwanzig Stunden lang die Männer festhalten, die darüber ihre Arbeit vergaßen, ihre Frau und ihre Kinder. Und was dabei alles geredet wurde! Dort gelangten Männer, die ihre Frau bisher immer geachtet hatten, zu der Überzeugung, daß sie Angst hätten, unter deren Fuchtel zu stehen, und nun beweisen müßten, daß es der Mann ist, der die Hosen an hat. Die Schwachen des starken Geschlechts waren, wenn sie diese Gesellschaft wieder verließen, mit guten Ratschlägen gerüstet und umfassend indoktriniert; sobald sich die Frau auch nur die geringste Bemerkung erlaubte, rissen Fäden, die über Jahre hinweg gesponnen worden waren. Wenn es dann geschehen war, begrüßten die Dümmsten unter ihnen das Ereignis wie einen Triumph, kommentierten es, beglückwünschten beinahe einen Ehemann, der es verstanden hatte, die Dinge in die von ihm gewünschte Ordnung zu zwingen, und boten gerne ihre Dienste an, um Ersatz für die verstoßene Frau zu besorgen.

Mouna litt bereits länger unter der ständigen Vereinnahmung ihrer Wohnung, besonders an den Wochenenden. Sie war deswegen schon oft mit Sada aneinandergeraten, aber ohne daß es je jemand gemerkt hätte. Und war sie denn nicht eine Frau, deren Rolle als Ehefrau doch darin besteht, alles zu ertragen, ohne sich je darüber zu beklagen, schon gar nicht, wenn man Besuch empfängt? Denn die furchtbarste Strafe für eine Ehefrau ist es, als *Süskat* gebrandmarkt zu werden. Egoismus ist etwas Unverzeihliches, aber bei der Frau wiegt er noch schwerer, denn sie soll allen Mutter, Gattin und Schwester sein. Also lächelte Mouna immer nur und verbarg ihre Bitterkeit hinter der Maske des Scherzes, während sie in ihrem Innersten von einer dumpfen Wut gequält wurde, besonders wenn sie jeden Samstag und Sonntag für dreißig bis vierzig Leute Essen bereitstellen sollte! Manchmal mußten sich ihre eigenen Kinder mit den Resten zufriedengeben, oder sie mußte, wenn die Schüsseln leer zurückkamen, für sie Milchreis kochen, um die Ehre zu retten.

Vier Spieler saßen um einen rechteckigen Tisch herum, an jeder Seite einer. In den Händen, die sie gefaltet und wie zum Gebet erhoben hatten, hielten sie die zu Fächern arrangierten Karten.

Scheinbar unvermittelt schlugen die Spieler sie mit einem Knall auf den Tisch, wie eine Ohrfeige, und oft hatte eine Faust, die schwer auf der Holzplatte landete, die gleiche Wirkung wie ein Kanonenschlag. Man schrie seinen Sieg hinaus, wenn man gewonnen hatte, und wenn man verloren hatte, gab man seiner Niederlage Ausdruck, indem man seine Gegner aufs gröbste beleidigte. Niemand regte sich darüber auf, es war einfach so üblich.

Nichts war trauriger, als ehrbare Familienväter dabei zu beobachten, wie sie beim Belote-Spiel zu Tieren wurden, roh und verantwortungslos. Sogar die Kinder, die von Zeit zu Zeit, von Neugier getrieben, herbeikamen und bei der Runde zusahen, hatten sich daran gewöhnt, und ihr Wortschatz bereicherte sich um auffällige Grobheiten, die sich gut dazu eigneten, in der Schule den zähesten Gegner niederzuschimpfen und die anderen Lausebengel zum Lachen zu bringen. Niemand hatte gemerkt, daß Bakar gekommen war, niemand außer Sada, der im hinteren Teil des Raumes in einem mit rotem Samt bezogenen Sessel saß und mit einem Ohr förmlich an einem großen Radiogerät klebte. Er hörte Nachrichten, während er darauf wartete, an die Reihe zu kommen, so wie viele der anderen, die teils in den Sesseln, teils auf Stühlen, teils auf den Armlehnen der Sessel saßen. Die einen vertrieben sich die Zeit mit Klatsch, andere blätterten in Zeitschriften, und wieder andere diskutierten über Politik. Denn das Zimmer war voll von Männern, Männer aller Schichten, vom kleinen Angestellten und Handwerker bis hin zum hochrangigen Staatsbeamten.

Bakar ging hinüber zu Sada, die Hände in den Taschen seiner grauen Hose vergraben, die zwar schon etwas abgetragen, aber bemerkenswert sauber war.

»He, *Mbër*, wie geht's?«

Sada streckte ihm die Hand hin: »Bakar! Bist du in Form?«

»Es geht so.«

Und sie lächelten alle beide, denn sie freuten sich immer, wenn sie sich trafen. Sie waren zusammen im dicht besiedelten Stadtviertel *Colobane* aufgewachsen. Aus einer gegenseitigen Zuneigung war im Laufe der Jahre eine unzerstörbare Freundschaft geworden, die weder unter Trennungen noch unter den Prüfungen des Lebens gelitten hatte. Sada war etwas älter als Bakar, dieser Altersunterschied hatte aber ihrem gegenseitigen Verständnis nie im Wege gestanden – und auch nicht ihrer Liebe zueinander. Bakar fand in Sada das, was ihm am meisten fehlte: jemanden, dem er sich anvertrauen konnte. Er hatte im Leben wenig

Glück gehabt. Nach Abschluß der Hauptschule hatte er in der Hoffnung, dadurch seine Eltern unterstützen zu können, die Schule verlassen, um arbeiten zu gehen. Er war der einzige Sohn der Familie und hatte mit fünfzehn Jahren festgestellt, daß die mageren Einkünfte seines Vaters nicht für ihren Unterhalt ausreichten. In Vater Ousséyes Werkstatt, die sich in einer abgelegenen, dunklen Gasse der Medina befand, trafen tagelang keine Aufträge ein. Die jungen Lehrlinge versuchten, wenigstens dadurch zu etwas Taschengeld zu kommen, daß sie alte Holzklötze glatt hobelten und daraus kleine Bänke machten. Selbst wenn es einmal Arbeit gab, war es nie viel, im großen und ganzen gab es nur Reparaturen. Außerdem tat Bakar auch seine Mutter leid. Tante Ngoné stand jeden Morgen um vier Uhr auf. Zu dieser Zeit schliefen ihre Töchter noch fest auf ihrer Matte am Boden, zusammengerollt unter dünnem Baumwollstoff, und man konnte Bakar hinter der anderen Seite der Trennwand, die die Holzbaracke teilte, schnarchen hören. Sie begab sich noch vor Sonnenaufgang im Dunkeln an den Strand von *Soumbedioune*. Auf ihrem Kopf trug sie zwei große Körbe, um darin den Fisch zu verstauen, den sie anschließend auf dem Markt wieder verkaufte. Dank dieses Handels konnte die Familie gerade so eben überleben. Wenn Tante Ngoné nicht da war, kümmerte sich Yama, die etwa siebzehn war, um die Hausarbeit, während ihre beiden jüngeren Schwestern Fanta und Bigué zur Schule gingen. Bakars sehnlichster Wunsch war es, gegen diese ganze Armut etwas zu unternehmen.

Was war nicht alles geschehen seit jenen Tagen, die ihm gleichzeitig so nah und doch so fern erschienen! Nun, da beinahe alle Illusionen verloren waren, klammerte er sich gerne an die Erinnerung an eine Zeit, in der er noch daran geglaubt hatte, sein Glück erringen zu können.

2.

Er dachte oft daran zurück. An jenem Tag war Bakar ebenso früh aufgestanden wie Tante Ngoné. Er hatte nicht geschlafen. Die Perspektive eines neuen Horizonts, die Hoffnung, daß von nun an alle seine Träume in Erfüllung gehen würden, hatte ihn die ganze Nacht lang wach gehalten. Es waren die Freude und Aufregung eines jungen Menschen, der einen neuen Abschnitt seines Lebens beginnt. Nachdem er sich gewaschen hatte, zündete er die Kerze an, die auf einem Hocker neben seinem Bett stand, und wartete geduldig auf die Stunde des Gebets. Bevor sie wegging, vergaß Tante Ngoné nicht, ihm ihre letzten Ratschläge mit auf den Weg zu geben: »Bakar, Gott der Gütige möge dir beistehen! Nimm dich deiner Arbeit gewissenhaft an. Tue das, was man dir sagt, und unterlasse das, was dir verboten wird. Meide den Umgang mit jenen, die dir nicht zum Guten raten.«

Von Vater Oussèye bekam er ähnlich Ermahnungen zu hören.

Daraufhin gab ihm seine Mutter ein kleines Glasfläschchen, sagte ihm, er solle sich, kurz bevor er gehe, mit der Flüssigkeit das Gesicht einreiben und den Rest für die folgenden Tage aufbewahren.

Bakar war zu Tränen gerührt: Wie könnte man dieser unermüdlichen, bescheidenen, klugen Mutter ihre Mühen lohnen? Sie will nichts für sich selbst; alles nur für uns. Wenn es im Diesseits eine Gerechtigkeit gibt, wird sie zu denen gehören, die am großzügigsten belohnt werden!

Als er sich in der Hauptpost vorstellte, zitterte er. Er wartete eine Weile vor dem Büro des Amtsleiters, bevor er es wagte zu klopfen. Als er eintrat, sah er einen dicken Herren, der hinter einem Tisch saß und sich seine Pfeife stopfte.

»Guten Tag, Monsieur.«

»Guten Tag.«

Bakar zögerte ein wenig. Der andere kam ihm zur Hilfe.

»Du bist wahrscheinlich Bakar Diop! Gut. Ich werde dich gleich in dein Amt einführen. Du hast gute Prüfungsnoten erzielt, ich würde sogar sagen, die besten.«

Auf alles antwortete Bakar nur, indem er mit dem Kopf nickte.

Der Beamte führte ihn in einen großen Saal, in dem überall graue Umhängetaschen herumlagen und in dem mehrere Pulte standen. Er zeigte auf einen davon und sagte: »Das ist dein Platz. Deine Arbeit besteht darin, die abgehende Post zu sortieren. Wenn du am Anfang Schwierigkeiten haben solltest, dann wende dich an Oumar. Er wird dir helfen.«

Er nickte hinüber zu einem etwa vierzigjährigen Mann, der Eintragungen in ein großes Register machte und ihn freundlich anlächelte; zweifellos freute er sich, einen Neuling bei seinen ersten Schritten anleiten zu können.

Bakar warf einen flüchtigen Blick auf seine zukünftigen Kollegen, grüßte sie schüchtern und nahm seinen Platz ein.

In kurzer Zeit hatte er sich eingearbeitet und erfüllte seine Aufgabe zur vollsten Zufriedenheit seiner Vorgesetzten. An jedem Monatsende übergab er Vater Oussèye seinen gesamten Lohn, und alle konnten sich über seinen Arbeitseifer freuen. Endlich schien das Glück auch ihnen zu lachen. Dazu kam, daß es Yama, der Ältesten, nicht an Verehrern fehlte. Sie war sehr schön und hochgewachsen. Ihr Teint war von einem leuchtenden, dunklen Braun, ihre Taille auffällig schmal, ihre Hüften waren wohlgerundet. Wenn sie lächelte, zeigte sie ihre außergewöhnlich regelmäßigen, weißen Zähne inmitten des blau *tätowierten Zahnfleischs*. Aus ihren mandelförmigen Augen sprachen Arglosigkeit, Schalk und Scharfblick, wie aus denen einer Katze.

Diese Gaben der Natur hatten es nicht vermocht, sie zu einem weichen, nachlässigen, verwöhnten Kind zu machen, denn die Wechselfälle des Lebens hatten sie auf ihre Weise geformt. Von früher Jugend an war sie mit den schwersten Arbeiten vertraut. Sie holte seit ihrem sechsten Lebensjahr vom öffentlichen Brunnen, der mindestens zweihundert Meter entfernt war, das Wasser für den Haushalt. Mit zehn hatte sie sich um fast die gesamte Hausarbeit gekümmert, und mit zwölf war sie für die anderen zur zweiten Mutter geworden. Als Älteste, die Wert auf ihre Vorrechte legt, stellte sie Regeln auf, traf Anordnungen, gab Befehle und duldete keinen Widerspruch. Bei ihren Freundinnen im Viertel gab sie ebenfalls den Ton an. Mehr als ein junges Mädchen hatte Yama schon provoziert, weil sie neidisch auf ihre Schönheit waren und verbittert darüber, daß sie bei allen Festen, bei denen sie sich trafen, immer die größten Erfolge hatte. Jedesmal aber hatte Yama den Sieg über die Angreiferin davongetragen.

Bakar liebte sie zärtlich; diese Zuneigung verhinderte jedoch nicht gewisse Zusammenstöße, die allerdings nie sehr weit gingen. Bakar, der Liebling aller, der sich stets der Überlegenheit bewußt gewesen war, die ihm sein Geschlecht verlieh, nahm Yamas Herrschaft nicht immer nur gelassen hin. Er sagte sich aber auch, daß sie schließlich die Älteste sei und daß es daher richtig war, ihr Respekt zu erweisen. Manchmal ertappte er sich auch dabei, wie er über die Schönheit seiner Schwester gewisse Überlegungen anstellte.

»Sie ist schön, und alle Jungen begehren sie. Wenn sie einen reichen Mann heiratet, könnten wir endlich glücklich sein. Sie könnte ihren zukünftigen Ehemann darum bitten, uns ein Haus zu bauen, wie es schon für Mädchen gemacht worden ist, die ihr nicht das Wasser reichen können. Wir kämen endlich aus dieser Baracke raus, in der wir regelrecht eingepfercht sind, in der nur ein Vorhang das Bett der Eltern verbirgt und in der sogar unsere ganze Habe einen Platz finden muß: Wäsche, Kochgeräte, Fischkörbe.«

Es stimmte, daß Tante Ngoné eine gute Hausfrau war, aber sie hatte Mühe, alles in diesem einen Zimmer unterzubringen; trotzdem mußte hier alles seinen Platz finden. Auf dem Grundstück wohnten mehrere Mieter; als Gemeinschaftsküche war nur eine Hütte vorgesehen, die niemand benutzte, weil jeder es vorzog, seine Mahlzeiten vor der eigenen Baracke zuzubereiten. Deshalb wurden bei Einbruch der Nacht sogar die Kohlebecken, die Wannen, die Mörser und die Stößel in eine Ecke der Baracke geräumt.

So war es seit etwa zehn Jahren, seit Vater Oussèye, Tante Ngoné, Yama und Bakar, der damals etwas über vier Jahre alt gewesen war, ihr gebürtiges *Ndiambour* verlassen und sich in *Ndakaarou Dial Diop* niedergelassen hatten.

Es dauerte nicht lange, und aus Bakars Träumen wurde Wirklichkeit. Yama erblühte in der ganzen Pracht ihrer achtzehn Jahre. Es fehlte nicht an Verehrern, aber Yama und ihre Familie lebten inmitten einer konservativen Gesellschaft, die ihre Regeln, ihre Traditionen und ihre Grundsätze hatte, besonders, was Heiratsangelegenheiten betraf. Ein junges Mädchen zu heiraten, das kam einer Investition gleich und sollte, ebenso wie jede andere Investition, auch ihre Früchte tragen. Wenn sich ein junger Mann eine Frau nehmen wollte, dann kalkulierte seine Familie genau, um festzustellen, inwiefern sie von der Verbindung profitieren konnte.

Denn von dem Tage der Hochzeit an mußten die Geschenke, die in der Verlobungszeit der Frau oder ihren Angehörigen gemacht worden waren, der Schwiegerfamilie gegenüber erwidert werden, und zwar zu jeder sich bietenden Gelegenheit und in doppeltem, dreifachem und manchmal sogar vierfachem Umfang. Es war wie eine Art Lotterie, bei der die Familie des jungen Mannes niemals verlor.

Nun lebte aber die Familie von Ousseye Diop in bescheidenen Verhältnissen. Sie war ehrbar, nie hatte man etwas Unehrenhaftes über sie gehört, ihr Makel bestand jedoch in ihrer Armut. Und nicht wenige junge Leute, die Yama gerne geheiratet hätten, sahen sich dem Veto ihrer Eltern gegenüber; man rechtfertigte sich mit dem Vorwand, daß diese Leute wohl sehr freundlich wären, man sie aber nicht kenne.

Bakar hatte sich an sein neues Leben gewöhnt. Das ganze Jahr über war er von beispielhafter Pünktlichkeit. Niemals verspätete er sich, nie blieb er dem Dienst fern. Außerdem erbot er sich freiwillig, seinen Kollegen zu helfen, und übernahm ihre Arbeit, wenn sie sich aus dem einen oder anderen Grund gezwungen sahen, ohne Wissen des Amtsleiters ihren Arbeitsplatz zu verlassen. Sie arbeiteten zu viert im gleichen Raum, er war der Jüngste. Die anderen mochten ihn gerne, denn er verhielt sich wie ein wohlerzogener junger Mann, mischte sich nicht in Dinge ein, die ihn nichts angingen, und hatte auch nicht die angeberische Art anderer Jungen seines Alters. Wenn er nichts zu tun hatte, las er alles, was er in die Finger bekommen konnte.

Eines Tages beschloß Oumar, der Kollege, der ihn als erster kennengelernt hatte, mehr über ihn erfahren zu wollen.

»Bakar, wo ist deine Familie?«

»Hier in Dakar.«

»In *Tilène*?«

»Nein, in Colobane.«

»Deine ganze Familie?«

»Mein Vater, meine Mutter, meine Schwestern.«

»Ah, du hast also Schwestern? Wir haben sie hier noch nie gesehen.«

»Das kommt daher, weil sich die Älteste ums Haus kümmert. Die beiden anderen gehen noch zur Schule. In den Ferien helfen sie Yama.«

»Das trifft sich ja gut. Meine Tochter und ihre Freundinnen wollen einen *Taneber* organisieren, an der Ecke Rue 7 und Blaise Diagne. Wenn du willst, kannst du deine Schwester dahinbringen. Ich werde mit meiner Tochter darüber sprechen. Sie wird sich sicher freuen, deine Schwester kennenzulernen. Es soll am nächsten Sonntag, also in fünf Tagen, ab siebzehn Uhr stattfinden.«

Bakar erhielt von Vater Oussèye ohne weiteres die Erlaubnis für Yama.

Die Sonne senkte sich unmerklich, und die Hitze, die an diesem Tag nur schwer zu ertragen gewesen war, begann sich zu verflüchtigen. Man hörte die Trommeln, hell und gleichzeitig dumpf, aufregend, teuflisch. Junge Mädchen und Frauen saßen in den unterschiedlichsten Aufmachungen Seite an Seite und bildeten ein Rechteck. Hinter ihnen standen zusammengedrängt die anderen Zuschauer. An den Fenstern und auf den Balkonen der umliegenden Häuser befanden sich ebenfalls, dicht an dicht, Neugierige, die den Tänzerinnen zuschauen wollten. Der Leiter des Tanzes, der die Trommel an einem Riemen umgehängt trug, ging leichtfüßig überall herum und achtete darauf, daß sich der Rhythmus harmonisch den Tanzschritten anpaßte. Die Frauen klatschten in die Hände, um den Rhythmus zu unterstützen, und ein *Griot* pries die Eleganz und die Großmut der Tänzerinnen.

Die Art und Weise, wie sich Yama am Tanz beteiligte, erregte Aufsehen. Von dem Platz aus, wo sie gesessen hatte, bewegte sie sich mit ganz kleinen Schritten auf die Haupttrommel zu. Sie ging mit hocherhobenem Kopf und einem bezaubernden Lächeln auf den Lippen und hob ihren Boubou aus indigogefärbtem Baumwollstoff etwa bis zur Höhe ihrer Knie, die sie leicht gebeugt hatte, und wiegte sich gleichzeitig nach rechts und links. Dann schienen ihre Füße beweglicher zu werden, und auf einmal hatte man den Eindruck, daß sie nicht mehr den Boden berührten, so graziös und schnell waren die Bewegungen, die sie mit ihnen ausführte.

Ihr *Pagne* bestand aus weißen und schwarz-weißen Bahnen, von denen letztere das gleiche Muster aufwiesen wie die Henna-Zeichnungen auf ihren Füßen. Zwischen zwei Tanzsprüngen gewährte dieser Rock einen Blick auf ihre Beine, die das Werk eines Bildhauers zu sein schienen, so schlank und regelmäßig waren sie, glänzend von wer-weiß-welcher Cremezubereitung.

Niemand konnte Yamas Anziehung widerstehen. Die Trommeln verstärkten ihre Raserei, das Händeklatschen wurde stärker und rhythmischer, die Zuschauer stießen sich gegenseitig, um die Tänzerin bewundern zu können, und von überall hörte man die Frage: *»Kii kana? Kii kana?«*

Als Zeichen ihrer Bewunderung warfen die Umstehenden Banknoten auf die Tanzfläche. Jeder wollte Yama unbedingt gratulieren. Männer und Frauen stürmten das Rechteck, zur großen Freude der Griots. Als Yama ihren Tanz beendet hatte, knüllte sie das ganze Geld, das sie erhalten hatte, zu einem Ball zusammen, den sie lässig vor die Haupttrommel warf, und lief schnell zu ihrem Platz, um sich wieder hinzusetzen. Alle verstummten.

Der Preissänger, der inzwischen ihren Namen herausbekommen hatte, stimmte ein Lied an:

Yama, Yama Joob, yaa ma neex.
Yama, ku la ban, yalla na dee.
Taaru nga, te woy u jigéen, taar.
Ku xamul woon luy taar, kaay seet Yama.
Naalo gaynaako ci bilé xaleel.

Yama, Yama Diop, du gefällst mir
Yama, Unglück deinen Feinden.
Du bist schön, und die Ehre einer Frau
besteht darin, schön zu sein.
Du bist die Verkörperung der Schönheit.
Ruhm diesem jungen Mädchen.

Bakar, der dem Tanz natürlich zugesehen hatte, zitterte vor Stolz und Aufregung. Aus einem Fenster, das auf den Platz hinausging, rief man den Griot herbei; er kam zurück und zeigte einen nagelneuen Fünftausend-Franc-Schein herum.

Fünf Monate später heiratete Yama mit viel Pomp den großzügigen Mann, der ihr diese Ehre erwiesen hatte. Sein Name war Amar Ndiaye; er war ein reicher Kaufmann aus dem Viertel, sehr bekannt, ein großer *Ndaanaan*, der sich wenig um das Gerede der Leute kümmerte und fest davon überzeugt war, daß Geld die einzig wirksame Waffe gegen Vorurteile sei.

Bakar stand in der Blüte seiner Jugend. Mit siebenundzwanzig war er ein gutaussehender Mann, mittelgroß und immer geschmackvoll gekleidet. Er wohnte inzwischen im Viertel *Gueule-Tapée*, unweit von Soumbedioune, in einem großen gemauerten Haus. Es gehörte Amar, der seinen Schwiegereltern darin eine Dreizimmerwohnung überlassen hatte; der Rest des Gebäudes war vermietet. Bakar teilte seine Zeit zwischen seiner Arbeit, dem Strand von Soumbedioune und dem Haus von Sada auf. Dank der Teilnahme an Lehrgängen und Prüfungen hatte er mehrere Stufen seiner Karriereleiter erklommen. Aus dem ehemaligen Briefsortierer war einer der kompetentesten Angestellten geworden. Er war derjenige, der sich um alle Vorgänge kümmerte, die mit Postschecks zu tun hatten.

Eines Tages, als er wie gewohnt am Strand spazieren ging, begegnete er einem bezaubernden jungen Mädchen, das auf der Hüfte eine Kalebasse trug. Ihre weite Bluse und ihr Pagne, die beide dunkelgrün waren, betonten ihren hellen Teint. Fein geflochtene Zöpfe fielen in ihren Nacken herab und gaben ihr das Aussehen einer *Toroobé*-Prinzessin. Sie hatte den unbekümmerten Gang derer, die es nicht eilig haben.

Bakar fühlte, wie sein Herz etwas schneller schlug. Gutaussehend wie er war, hatte er natürlich schon Mädchen kennengelernt, war mit ihnen ausgegangen, hatte kurze Abenteuer erlebt, aber was er nach dieser Begegnung empfand, hatte er vorher noch nie empfunden.

Von diesem Moment an erfüllte der Gedanke an die schöne Unbekannte sein ganzes Denken. Am nächsten Tag ging er zur selben Stunde dorthin, wo er sie getroffen hatte, so als seien sie verabredet. Das junge Mädchen kam nicht – und auch nicht an den folgenden Tagen.

Ein Monat war vergangen. Bakar hatte schon die Hoffnung aufgegeben, daß sich die Begegnung wiederholen könnte, als er an einem Samstagnachmittag – o gütiger Gott! – in der Ferne jenes Wesen zu erblicken glaubte, das er so eifrig gesucht und so heiß herbeigesehnt hatte. Er ging am Rande des Kanals auf das Meer zu, von dem sie gerade zurückkehrte, und je mehr sich der Abstand zwischen ihnen verringerte, desto sicherer wurde er sich.

Sie war es. Es waren dieselben schwarzen Augenbrauen, die aussahen, wie mit Bleistift gezeichnet, und die doch noch nie durch den Kontakt mit Schminke beleidigt worden waren, es waren die gleichen Augen, deren Weiß so weiß war wie Milch, der gleiche Hals, der jene kleinen, zarten Falten aufwies, die an die Sanftheit und Reinheit wohlgenährter Babys erinnern.

»Dieses Mal wird sie mir nicht davonlaufen«, sagte er sich. Er ging mit entschiedenem Schritt auf das junge Mädchen zu. Sie schien erstaunt und glaubte einen Augenblick lang, Bakar habe sie mit einer Bekannten verwechselt. Bakar sprach sie an: »Meine Schwester, wohnst du hier in der Gegend?«

»Warum?«

Man konnte an ihrem Ton und ihrem Gesicht ihre Schüchternheit und ihre Zurückhaltung erkennen.

»Weil ich dir hier schon einmal begegnet bin. Seitdem habe ich dich nicht mehr wiedergesehen.«

Das junge Mädchen sah Bakar an, bemerkte seine sorgfältig gebürsteten Haare, seinen Anzug, der aus Hose und Kaftan bestand, beide aus reich bestickter Baumwolle, seine maurischen Pantoffeln, die so weiß wie Kaolin waren, und seine Haltung, die die eines Gentleman war. Es gibt Männer, die ein junges Mädchen nicht abweist, und zu diesen gehörte Bakar. Abgesehen davon war er sich seiner Trümpfe bewußt und verstand sie einzusetzen, ohne sie zu mißbrauchen. Manches junge Mädchen hätte sich gerne in seinen Netzen fangen lassen, aber er hatte nie Lust gehabt, den Verführer zu spielen.

Das junge Mädchen zögerte schüchtern.

»Wie heißt du?«

»Mame Aïssa.«

»Und wie ist dein Familienname?«

»Guèye.«

»Mame Aïssa Guèye!«

»Ja.«

»Du hast auf meine erste Frage nicht geantwortet.«

»Welche?«

»Deine Adresse.«

»Ich wohne hier in der Nähe, in der Gueule-Tapée, in der Rue 6.«

Am gleichen Abend noch trat Bakar über die Schwelle eines Hauses, dessen Fassade erst vor kurzem mit Kalk geweißelt worden war.

Von da an begab sich Bakar regelmäßig in Sadas Begleitung zu Mame Aïssa Guèye. Dort blieben sie gute zwei Stunden lang und unterhielten sich in einem ansprechend eingerichteten Salon mit Mame Aïssas Cousinen oder Freundinnen, die zu Besuch gekommen waren.

Eines Tages ließ Mame Aïssa ihn wissen, daß ihr Vater ihn zu sprechen wünsche. Bakar erriet sofort, um was es ging. Er wartete schon seit langem auf diesen Moment und freute sich sehr.

»Das ist wirklich tröstlich«, sagte er sich. »Ein Haus, in dem Ordnung herrscht! Heutzutage hat sich alles so verändert, die Denkweisen sind so anders geworden, daß man überrascht ist, wenn man sieht, daß es noch Eltern gibt, die über den guten Ruf ihrer Kinder wachen.«

Die Traditionen hatten sehr gelitten; was Bakar am meisten daran bedauerte, war das Verderben der Sitten und die damit verbundene Konsequenz: die Herabsetzung der Frau. Die Schande tötete nicht mehr. Indem die Frau den Schleier des Geheimnisses zerrissen hatte, der sie seit Anbeginn der Zeiten verhüllte, hatte sie auch ihren eigenen Wert zerstört. Ehemals wie von Gold, glich sie, die sich nun den niedrigsten Skandalen aussetzte, nur noch gewöhnlichem Metall. Bakar erinnerte sich mit einer gewissen Wehmut an den Refrain eines Liedes, das seine Mutter öfters gesungen hatte, und von dem er noch eine Zeile wußte: *»Ban gatia nangoo dee.«*

Er hatte darüber oft lange mit den jungen Leuten diskutiert, die bei Sada zusammenkamen, um Karten zu spielen und sich zu unterhalten. Manche warfen ihm vor, rückständig zu sein, aber es war Bakars Überzeugung, daß all jene, die ihm dies vorwarfen, nur Heuchler waren, denn er war sich sicher, daß allen Männern eines gemeinsam ist: Jeder erlebt gerne hier und da Abenteuer, aber wenn es darum geht, eine Frau zu heiraten, dann will sie jeder für sich alleine haben.

Bakar ging in ein Zimmer, das ihm Mame Aïssa gezeigt hatte. Ein etwa fünfzigjähriger Mann ruhte in einem Liegestuhl; die Mutter Mame Aïssas hatte sich zu seinen Füßen auf einer bunten Matte ausgestreckt.

»Assalamou Alleykoum.«

»Maalikum Salaam, Diop.«

Adja Dado Sarr und *El Hadji* Wellé Guèye richteten sich auf und begrüßten Bakar herzlich. Neben der Liege stand ein Stuhl, und man bat Bakar, darauf Platz zu nehmen.

»Ich habe dich rufen lassen«, begann El Hadji Wellé, »weil ich dich seit einiger Zeit im Haus verkehren sehe. *Adduna neexul.* Deshalb frage ich dich nach dem Grund deiner Besuche.«

Bakar bewunderte die Direktheit dieses Mannes. Er wirkte zweifellos sehr energisch und schien zu denen zu gehören, die zu Hause stets das letzte Wort haben.

»Es stimmt«, sagte Bakar offen. »Ich komme ziemlich oft hierher. Meine Schritte aber werden von keiner bösen Absicht gelenkt. Ich hätte Mame Aïssa gerne zur Frau.« Hier klang Bakars Stimme etwas bewegt.

»Wir sehen nichts, was die Erfüllung deines Wunsches verhindern sollte. Aber wir haben uns, seit du hierher kommst, noch nicht besonders gut kennengelernt. Wer sind deine Eltern?«

»Oussèye Diop ist mein Vater. Meine Mutter heißt Ngoné Niang. Sie wohnen in der Gueule-Tapée, in der Rue 4.«

»In der Gueule-Tapée, und ich kenne sie nicht?«

El Hadji Wellé runzelte die Stirn und senkte den Kopf, wie es jemand tut, der sich zu erinnern versucht. Er, einer der angesehensten Männer des Viertels, ein bedeutender Würdenträger, der von allen gekannt und respektiert wurde, kannte alle großen Familien nicht nur der Gueule-Tapée, sondern von ganz Ndakaarou; deshalb konnte er sich nicht vorstellen, daß ihm die Eltern dieses jungen Mannes, der um die Hand seiner Tochter anhielt, unbekannt waren. Es erschien ihm ziemlich eigenartig.

»Sie wohnen da erst seit ein paar Jahren.«

Als er merkte, daß sein Gegenüber diesem letzten Hinweis keine Bedeutung beizumessen schien, fügte Bakar hinzu: »Ich bin der Bruder von Yama Diop. Yama aus der Sicap, die Frau von El Hadji Amar Ndiaye.«

Adja Dado saß mittlerweile im Schneidersitz auf ihrer Matte. Sie hatte einen Fächer in der Hand, den sie langsam bewegte. Die Klänge eines *Khalam*, die von einem Transistorradio neben ihr übertragen wurden, bildeten die Hintergrundmusik in diesem Dekor. Sie hörte mit großem Interesse der Unterhaltung zu.

»Ah! Yama Diop! Ich habe von ihr gehört.«

El Hadji Wellé schien ziemlich erleichtert darüber zu sein, daß seine Frau Bakar einigermaßen einordnen konnte. Sein Gegenüber einordnen zu können hinsichtlich seiner Herkunft, seines sozialen Rangs, seiner Familie und seiner Arbeit, das ist der fundamentale erste Schritt, der allen Heiratsverhandlungen vorangehen muß.

»Gut, ich werde mit den anderen Mitgliedern der Familie darüber sprechen. Dann werden wir sehen, wie wir weiter zu verfahren haben.«

»So ist es«, fügte Adja Dado hinzu. »Mame Aïssa ist unsere Tochter. Aber sie gehört nicht nur uns beiden. Wenn wir einen Ehemann sehen, der ihrer würdig ist, dann haben wir keinen Grund, sie hier zurückzuhalten und zu verhindern, daß sie heiratet. Wo arbeitest du?«

»Bei der Post.«

»Ah! Bei der Post.«

»Ja, ich kümmere mich um die Postschecks.«

Am gleichen Tag noch vertraute sich Bakar Yama an. »Ich habe ein junges Mädchen kennengelernt, das ich gerne heiraten möchte.«

»Wer ist sie?«

»Mame Aïssa Guèye. Sie ist die Tochter von Adja Dado Sarr und El Hadji Wellé Guèye.«

Yama begriff sofort, daß sie kein leichtes Spiel haben würde. Auch wenn sie eine geliebte und glückliche Ehefrau war, eine große *Diriyanké*, die sich mit einem Hofstaat von Lakaien, *Góor-jigéen* und Griots umgeben hatte, so machte sie sich trotzdem keine Illusionen über die sozialen Realitäten. Sie kannte die beiden Parteien, ihre Vorstellungen, ihre Haltung, ihrer beider Art, an Probleme heranzugehen. Durch die Veränderungen in der Gesellschaft war eine neue Macht entstanden und mit jener in Wettstreit getreten, die sich selber bisher für die einzig wichtige gehalten hatte. Die einen, die sich hinter ihrer Geburt sowie der glorreichen Vergangenheit und der historischen Rolle ihrer Ahnen verschanzt hatten, sahen mit einer gewissen Verachtung auf die anderen herab, die ihren Ruhm nur dem Geld verdankten. Die letzteren hielten sich aber für die stärkeren, und auch Yama war dieser Meinung, sie, die diesen Widerspruch täglich aufs neue lebte. Zwar gab man sich nach außen hin den Anschein, das Materielle zu verachten, in Wirklichkeit vermochte es aber Prinzipien, die so hart wie Stahl zu sein schienen, in Nichts aufzulösen und Mauern, die vordem verboten und unüberwindlich waren, mit einem einzigen Schritt hinter sich zurückzulassen.

»Sie können Schwierigkeiten machen und Bakar sogar die Hand ihrer Tochter verweigern«, überlegte Yama. Und sie begann automatisch, im Geist die Inventur ihrer Familie zu machen. Vater Oussèye war nicht mehr Tischler, er hatte jetzt ein Stoffgeschäft. Mutter Ngoné, eine tapfere Frau, die ihre Kinder würdig großgezogen, die ein Leben in Schweigen und im Respekt gegenüber ihrem Mann geführt hatte, genoß nun die Früchte ihrer Mühen. Sie hatte ihren Vertrag als gute Ehefrau erfüllt. Gott hatte sie und ihre Kinder gerettet. Fanta hatte ihren Schulabschluß gemacht und hätte ohne weiteres ihre Ausbildung fortsetzen können, aber wozu? Sie war mit einem Zollinspektor verheiratet worden, und ihre materielle Situation war – sehr vorsichtig ausgedrückt – erfreulich. Bigué, die Jüngste, war gerade mit der Schule fertig geworden und würde anschließend eine Hebammenausbildung beginnen.

Yama war intelligent. Sie besaß die außergewöhnliche Gabe, auch die geringsten Probleme nicht zu übersehen und blitzschnell Lösungen für sie zu finden.

»Bakar, du wirst morgen zu El Hadji Wellé Guèye gehen. Du wirst Adja Dado Sarr zwanzigtausend Francs überreichen. Sage ihr, es sei für die *Kola*. Gib ihr auch fünftausend Francs, die sie unter den Tanten und Onkeln verteilen soll, für deren Kola.

Yama wußte, daß es in diesem besonderen Bereich die Frauen waren, die die Fäden in der Hand hielten. Wenn es darum ging, zwei junge Leute zu verheiraten, waren die Männer in sehr vielen Fällen nur noch zur

Zierde da. Als geschickte Strategin richtete sie deshalb ihren ersten Angriff auf Adja Dado.

Sie hatte sich nicht geirrt. Wie zu erwarten, hatte El Hadji Wellé seine kleinen Nachforschungen durchgeführt; er hatte erfahren, daß Yama Diop eine große Diriyanké war, bekannt für ihre außerordentliche Schönheit, dank der sie die Frau von El Hadji Amar Ndiaye geworden war. Dieser wiederum war ein ungeheuer reicher Händler, der in einer einzigen Nacht einfach fünfzigtausend Francs an irgendwelche Schmeichler verschenkte.

»Er ist ein Ndaanaan«, hatte man ihm gesagt, »und einem Ndaanaan ist kaum etwas heilig.«

El Hadji Wellé gab also einer gewissen Zurückhaltung Ausdruck. Er hätte seine Tochter gerne einem jungen Mann aus besseren Verhältnissen zur Frau geben wollen, um nicht das Mißfallen der anderen Väter zu erregen, die ebenfalls noch Prinzipien hatten.

Aber Adja Dado überzeugte ihn, indem sie ihm alle Vorteile dieser Verbindung aufzählte. »Was ist heutzutage schwieriger, als ein junges Mädchen im Hause zu haben? Müssen wir nicht den Schöpfer preisen, der uns geholfen hat, sie aufzuziehen und bis zu ihrer Hochzeit rein und unversehrt zu erhalten? Es geht hier darum, unsere Ehre zu retten. Bakar ist weder ein *Dëmm* noch ein Sklave, er ist gut erzogen, und ich bin sicher, daß es Mame Aïssa bei ihm an nichts fehlen wird. Wir müssen uns darüber im klaren sein: Wenn Mame Aïssa morgen ein Unglück zustoßen sollte, dann stelle dir vor, welcher Schande, welchem Skandal wir ausgesetzt wären. Denke auch daran, daß dich deine Freunde nur aus Neid tadeln werden, denn keiner von ihnen hätte Bakár abgewiesen, wenn er zu ihm gekommen wäre.«

Drei Wochen später fand die Hochzeit statt. Bakar hatte einen Brautpreis von hunderttausend Francs übergeben und eine Ausstattung, deren Wert noch darüber lag. Eines Morgens lud ein großer Lastwagen bei El Hadji Wellé ein komplettes Schlafzimmer ab, eine Wohnzimmereinrichtung und ein Eßzimmer; es waren alles importierte Möbel – modern und teuer. Die Nachbarn kamen herbeigelaufen, um diese Wunder zu bestaunen, und wochenlang sprach man in dem Viertel nur noch über die Güte und Großzügigkeit des Mannes von Mame Aïssa Guèye. El Hadji Wellé sagte sich, daß er im Grunde vielleicht doch recht daran getan hatte, Bakar die Hand seiner Tochter zu geben.

Bakar hatte diesen lauen, sonnigen Dezembermorgen ungeduldig erwartet, denn er sollte ihm das langersehnte Glück bringen. Ein kleines Mädchen wurde geboren. Sada riet ihm, die Feierlichkeiten zur Namensgebung so bescheiden wie nur irgend möglich zu gestalten.

»Du weißt, daß mir nichts lieber wäre – aber die Frauen!«

»Genau, die Frauen, man muß sie bremsen, mein Alter! Man darf gar nicht erst zulassen, daß sie sich an die irrsinnigen Ausgaben gewöhnen. Man tut, was man kann, und bringt ihnen bei, daß es das ist, was man kann. Sie treiben einen in einen Teufelskreis hinein. Sobald man auf diesem Gebiet auf ihre Launen eingeht, versinkt man bis zum Hals, und nur Gott weiß, welches Ende es mit einem nehmen wird.«

»Das ist wahr. Aber sie sind so hartnäckig.«

»Was Nichtigkeiten betrifft, ja. Wozu soll es gut sein, so viel Geld wegzuwerfen, es einfach nur so zu verschwenden, ohne daß irgend jemand etwas davon hat? Ich lasse mich auf diese Dinge nie ein.«

Sada war ein praktisch veranlagter und immer sehr nüchterner Mann. Er war von einer Festigkeit, die nichts ins Wanken zu bringen vermochte, und er ließ sich nie zu Dingen hinreißen, die er ablehnte. Abgesehen davon war er sehr großzügig und offen. Das war auch der Grund, warum er seine Freunde bei sich aufnahm, die aus seinem Haus ein Zentrum für Belote gemacht hatten. Er beobachtete seine Bekannten oft, konnte sich aber dieses Konkurrenzdenken nicht erklären, das ihnen so wichtig war. Der eine verschuldete sich auf unsinnige Weise, um Möbel anzuschaffen, die weit über seine Verhältnisse gingen, der andere kaufte Schmuck oder nahm unerhörte Summen auf, damit seine Frau sich die Kleider kaufen konnte, die sie sich wünschte. Und dabei taten sie es weder aus Liebe noch aus dem ehrlichen Wunsch heraus, Gutes zu tun, sondern nur weil sie glaubten, sich auf diese Weise Respekt zu verschaffen, indem sie nämlich bewiesen, daß sie nicht weniger wert waren als andere, die dasselbe getan hatten. Was machte es schon aus, wenn es sich die anderen aufgrund ihrer günstigeren finanziellen Situation erlauben konnten?

Bakar dachte ganz anders über diese Dinge. Er war der Ansicht, daß es die Pflicht eines anständigen Ehemanns sei, alle Wünsche seiner Frau zu erfüllen. Deswegen hatte er Mame Aïssa seit ihrer Hochzeit noch nie etwas abgeschlagen, weder die gewünschten goldenen Armbänder noch die Halsketten und auch nicht die Boubous aus kostbaren Stoffen.

Er verzog keine Miene, als er Yama die hundertfünfundzwanzigtausend Francs überreichte, die als *Ruy* dienen sollten. Yama bereitete ihren zweiten Sieg über die Familie von Wellé Guèye vor. Am Tag nach der Hochzeit hatte sie unter all ihren Bekannten eine unglaubliche Summe verteilt; diese mußten ihr, wenn der Moment gekommen war, die zehnfache Summe zurückerstatten. Yama brachte eine reiche Ernte ein; dann rief sie Fanta und Bigué zu sich: »Zwingen wir das Glück auf unsere Seite. Laßt uns alle Vorkehrungen treffen, damit dieser Tag unvergeßlich bleibt, wie auch immer die Umstände sein mögen. Wir dürfen uns von nichts, aber auch gar nichts, einschränken lassen.«

Am Tag der Namensgebung herrschte in der Rue 6 eine überschäumende Stimmung. Man konnte dort die unterschiedlichsten Perücken bewundern, deren Farbskala von Blond über Rot bis hin zu mediterranem Brünett reichte. Gold glänzte im Übermaß an den Fingern, an den Handgelenken, die ganze Länge der Arme hinauf, an den Zehen, an den Hälsen. Die üppigsten Lamé-Stoffe, die kostbarsten Samtgewänder, die filigransten Stickereien wurden für diesen Tag aus der Tiefe der Schränke geholt.

Yama trat im Hause Wellé Guèyes in Begleitung ihrer Schwestern und eines Gefolges von gut hundert Personen auf. Frauen trugen Koffer, Körbe und sogar eine Anzahl Badewannen für die kleine Bigué. Sie hatten fünf gemietete Kleinbusse und vier Taxis benötigt, um all diese Leute und ihr Gepäck zu transportieren. Eine größere Anzahl Griots sang Yamas Ruhm, feierte ihre Großzügigkeit und brachte sie mit genealogischen Zweigen in Verbindung, von denen sie in ihrer Jugend noch nie etwas gehört hatte. Sie fiel natürlich nicht darauf herein, aber es schmeichelte ihr doch, festzustellen, daß gerade diejenigen, die am ehesten dazu neigen, einen zu verachten, nicht zögern, sich zu Lakaien zu machen und sich in heuchlerischem Lob zu ergehen, sobald sie wissen, daß sie sich dadurch einen Vorteil verschaffen können. Yama konnte sich gut an ihre Kindheit erinnern. Niemals hatte jemand versucht, die Abstammung ihrer Eltern herauszufinden, denn in den Augen der Gesellschaft, in der sie lebte, verdienten die Armen kein Interesse – und hätten sie auch die höchsten menschlichen Tugenden verkörpert ... Sie hatte es weit gebracht! Es stimmt: »Dort, wo nichts ist, kommen auch keine Fliegen hin; nur das, was klebt, lockt sie an«, dachte sie häufig.

Yama liebte den Prunk und den Ruhm, sie waren das einzige, was sie für ihre Vergangenheit entschädigen konnte; deshalb unterhielt sie diesen vielköpfigen

Hofstaat, der ihr Haus von morgens bis abends belagerte. Im tiefen Inneren aber verachtete sie die Frauen aus guter Familie, die, um Aufsehen zu erregen und als Diriyanké zu gelten, einem zweifelhaften Lebensstil verfielen und die wenig beneidenswerte Rolle von Gesellschafterinnen spielten. Mit dem gleichen amüsierten Blick beobachtete sie auch die Griots, die aus niedriger Berechnung jene verlassen hatten, mit denen sie durch jahrhundertealte, geheiligte Bande verbunden gewesen waren.

Yama und ihre Delegation ließen sich im Hof, den große Planen vor der Sonne schützten, auf Matten am Boden nieder. Obwohl es kühl war, hielt sie einen Fächer, den sie von Zeit zu Zeit benutzte. Sie hatte für diese Feierlichkeit Malobé Niang kommen lassen, den gefährlichsten Góor-jigéen, den gefürchtetesten, gleichzeitig aber auch den begehrtesten. Er war es, der die Feste der wirklichen Diriyanké leitete. Er war anspruchsvoll, und es gab nur sehr wenige, denen er seine Dienste anzubieten geruhte, denn er stellte hohe Anforderungen. Er wollte alles im großen Rahmen und mochte es gar nicht, wenn man seine Vorschläge diskutierte; seine Gunst zu genießen bewies schon genug, daß man eine gewisse Berühmtheit genoß.

Yama bewegte ihren Fächer und sah Malobé an, der in der Mitte des Kreises der Gäste saß. Er trug einen großen Boubou aus blauem Damast, der von oben bis unten bestickt war; er hatte den Körperbau eines Riesen und den Hals eines Stiers; man hätte sich keinen stärkeren Kontrast zum femininen, schleppenden

Klang seiner Stimme vorstellen können, mit der er verkündete: »Zweihundert gewebte *Njaago*, drei Koffer mit Babysachen, sechs Wannen für das Bad des Babys, hunderttausend Francs: Das ist alles, was Adja Yama Diop für das Kind mitgebracht hat.«

Alle Anwesenden gaben ihrem Erstaunen und ihrer Überraschung Ausdruck. Es würde eine schwierige Partie werden. Die Griots begannen, sich bemerkbar zu machen, aber Malobé bat um Ruhe und fuhr fort: »Diese fünfundsiebzigtausend Francs schenkt Adja Yama Diop den Abhängigen der Familie und den Sklaven.«

Die Betreffenden konnten sich nicht beherrschen und gaben ihrer Freude Ausdruck; es entstand ein furchtbarer Lärm, aber Malobé fuhr fort: »Adja Yama Diop gibt den Cousins des Babys fünfzigtausend Francs.«

»Diese fünfzigtausend Francs sind das Geschenk der Großeltern.«

Die Menge war sprachlos.

Nach einem Moment des Schweigens schrien die einen, sangen die anderen, und wieder andere teilten ihre Überraschung mit, indem sie in die Hände klatschten. In diesem völligen Durcheinander von Worten und Gesten war es unmöglich, mitzubekommen, was gesagt wurde. Man hatte so etwas noch nie gesehen. Yama hatte entschieden alle Rekorde gebrochen. Malobé jubelte, der Sieg war sein. Nur in einer überhitzten Atmosphäre wie dieser, wenn er Spannung geschaffen und das Unerwartete zum Ausbruch gebracht hatte, fühlte er sich in seinem Element, denn für den großen Meister der Feste, der er war, war jede Zusammenkunft eine Schlacht: Es ging nicht nur darum, zu siegen, man mußte die Gegner vernichten; es war ein moralischer Kampf, in dem die Eigenliebe und der Anstand verlangten, daß man der Sieger war. Und Malobé war immer der Sieger, denn er stand über so niedrigen Dingen wie Kleinlichkeit und Mäßigung.

Im Clan Adja Dado Sarrs begann man dagegen, unruhig zu werden. Yamas Haltung erschien ihnen übertrieben. Man hatte alle Vorkehrungen getroffen, man hatte Pagnes und Geld angehäuft, aber wer hätte Yamas Sturmangriff voraussehen können? Es war ein dramatischer Moment. Man mußte, koste es, was es wolle, die Herausforderung annehmen, Dame *Jom* schützen, Herrn *Ngor* retten. Alles – nur keine Schande! Und sich selbst nicht auf die Höhe des Gegners zu begeben bedeutete, die Herablassung zu akzeptieren, die Mißachtung, ja sogar die Beleidigung. Adja Dado Sarr und ihre Clique beriefen auf der Stelle eine kurze Beratung ein, die mit dem Beschluß endete, daß jede der anwesenden Frauen Geld und Pagnes zuschießen mußte. Als alles zusammengetragen worden war und man es dem hinzugefügt hatte, was von vornherein bereitgestellt worden war, konnte man Adja Yama Diop dreihundert Pagnes und beinahe vierhunderttausend Francs überreichen.

Malobé übergab ihnen im Namen von Adja Yama Diop, die bis dahin nicht einmal den Mund aufgemacht hatte, zweihunderttausend Francs und fünfzig

Pagnes, die diesmal wirklich ein Geschenk für das Baby und seine Mutter waren.

Danach erhob sich Malobé, trocknete sein Gesicht mit einem blütenweißen Taschentuch, das er aus seiner Tasche gezogen hatte, und bahnte sich, sich schwerfällig in den Hüften wiegend, einen Weg durch die Menge. Er setzte sich neben Yama. In der Mitte des Zirkels hatte Courou Mbaye den Platz Malobés eingenommen. Sie war wie Yamas Schatten, sie folgte ihr überall hin, führte alle ihre Befehle aus, übermittelte die geheimsten Botschaften. Sie war so etwas wie eine persönliche Sekretärin, und so gut wie alle weiblichen Griots beneideten sie um ihre Stellung. Aber was für eine Schlange sie war, diese Courou Mbaye! Sobald sie Gelegenheit dazu hatte, zögerte sie nicht, die schlimmsten Beleidigungen auszustoßen, die schmutzigsten Verleumdungen, gerade auch über ihre Beschützerin.

Yama hatte eine große Tasche in der Hand, die mit glänzenden Perlen bestickt war. Die Tasche war offen. Yama teilte Courou Mbaye mit, was sie sagen sollte.

»Adja Yama, die Gütige, die Großzügige, die Unvergleichliche, ›schmückt‹ Malobé mit hunderttausend Francs, vierzig Pagnes und zwei Boubous aus Damast; für jeden Boubou erhält er zwölf Meter Stoff.«

Während sie dies sagte, ließ sie Malobé seine Belohnung überreichen, ging zu Yama zurück, und fuhr fort: »Ich bitte die Anwesenden um einen Augenblick der Aufmerksamkeit. Was noch nie ein Edler für jemanden aus der Griot-Kaste getan hat, das tut Adja Yama Diop jetzt für mich: Sie schenkt mir ein Ticket nach Mekka, dazu die Aufenthaltsspesen, fünfzigtausend Francs, zwanzig Pagnes – damit ehrt mich Adja Yama einmal mehr. Was soll man machen, was soll man sagen, im Angesicht von soviel Edelmut und Großzügigkeit?«

Damit war die Schlacht aber noch lange nicht geschlagen. Yama Diop verteilte im Laufe eines Nachmittags nahezu eine Million Francs an eine Bande von Griots, von Góor-jigéen und anderen Speichelleckern.

3.

Nichts schien Bakars Glück zu trüben. Er war der Stolz seiner Frau, seiner Eltern, seiner Schwestern – bis eines Tages das Unglück zu ihm kam. In der Post hatte man nie etwas gegen Bakar gehabt, und solange er dank seiner Zurückhaltung und seiner Bescheidenheit vermieden hatte, die Aufmerksamkeit der anderen auf sich zu ziehen, zeigten sich die anderen ihm gegenüber nur gleichgültig, vielleicht manchmal sogar etwas herablassend. Er war immer ruhig gewesen, respektvoll, er hatte sich nicht am Klatsch beteiligt; als er aber in den Augen seiner Kollegen durch seine Aufmachung und seinen offensichtlichen Wohlstand jemand wurde, dem man ansah, daß er bessergestellt war als sie, begann man, seine gewohnte Zurückhaltung als Ausdruck von Selbstgefälligkeit, Stolz und Überheblichkeit gegenüber den anderen zu deuten. Was für ein elendes Tier ist doch der Neid, der um des Bösen willen zum Bösen rät und dessen einzige Genugtuung, die schlimmste von allen, in der zynischen, häßlichen Kontemplation des Leidens der anderen liegt! Man begann, sich Dinge über seinen Lebenswandel zuzuraunen, man redete über sein Auto, seine Frau, über seine Familie, die im Überfluß lebte. Man klatschte so eifrig, daß sich der Zweifel im Denken von Bakars Vorgesetzten einzunisten begann. Eine Überprüfung krönte den Sieg seiner Verleumder, denn Bakar wurde wegen Urkundenfälschung, Betrug und der Unterschlagung einer Summe von zwölf Millionen Francs verurteilt.

Als Yama die Neuigkeit erfuhr, versammelte sie mit der für sie typischen Geistesgegenwart ihre Verwandten und alle, die ihr nahestanden, um sich.

»Alles, nur nicht das Gefängnis. Das wäre für uns alle eine große Schande. Wir müssen tun, was immer wir können, um das Geld zurückzuzahlen.«

In dieser Versammlung konnte man Amar Ndiaye, Yamas reichen Ehemann, sehen. Er war in blauen Ségou-Damast gehüllt, der so sehr gestärkt war, daß er bei der geringsten Bewegung knisterte; sein Schädel war völlig kahl, er hatte kleine Mausaugen und einen langen Schnurrbart. Sein Gesicht war ernst, und er streichelte unablässig einen nicht vorhandenen Bart. Tante Ngoné und Vater Oussèye waren von Überraschung und Schmerz geknickt; sie hörten die ganze Zeit über aufmerksam zu, denn sie hofften, daß diese Versammlung in eine sinnvolle Lösung münden werde. Sada war da, der treue Freund in guten wie in schlechten Zeiten. Seine Zweifel hatten sich bestätigt. Insgeheim war er wütend auf sich selbst, denn er hätte die Gefahr schon früher erkennen müssen. »Aber wie hätte ich, bei der Achtung, die wir füreinander empfinden, vermuten sollen«, sagte er sich, »daß Bakar, der so ehrlich und so gut ist, derartige Dinge tun könnte?« Neben Yama saß Fanta, das dritte Kind von Tante Ngoné, nach Yama und Bakar. Sie war wie Yamas Schatten und wartete auch jetzt deren Entscheidung ab. Am anderen Ende des Salons saß ihr Mann Ali, ein kugelrundes Männchen im Khaki-Anzug der Zollbeamten mit der Mütze auf seinen Knien. Bigué, die Jüngste, saß auf einem Stuhl; sie hatte die Ellbogen auf den Tisch vor sich gestützt, ihr Gesicht ruhte in ihren Händen. Ihre Perücke war schlecht gekämmt, und ihre roten Augen verrieten, daß sie geweint hatte. Neben ihr Yoro, der Mann, den sie vor kurzem geheiratet hatte, in einem hellgrauen Anzug und mit Brille; er war Rechtsanwalt.

»Wir können versuchen, die Summe zusammenzubekommen, aber wir müssen rasch handeln«, sagte El Hadj Amar Ndiaye. Während er sprach, sah er von einem zum anderen. Ali nickte, Tante Ngoné und Vater Oussèye atmeten erleichtert auf, aber Yoro brachte einen Einwand hervor: »Es besteht kein Grund, sich zu beeilen. Es ist sicher gut, das Geld zurückzuerstatten, dadurch mindert sich das Strafmaß, doch ist ein neues Gesetz erlassen worden: Es genügt nicht mehr, zurückzuzahlen, das Vergehen muß auch gebüßt werden.«

»Das zurückzahlen, was man schuldet, und trotzdem noch ins Gefängnis müssen! Das ist doch Wahnsinn«, rief Yama aus. »Man macht ihm ein Loch von zwölf Millionen zum Vorwurf, er füllt das Loch wieder auf, und dann sagt man ihm, er müsse trotzdem ins Gefängnis!«

Yama war wütend; es fehlte nicht viel und sie hätte Yoro verdächtigt, er wünsche sogar, daß Bakar ins Gefängnis komme.

»Yama, das ist das Gesetz. Abgesehen vom Geld ist der Umstand, ein Loch in einer Kasse zu haben, die einem der Staat anvertraut hat, ein Vergehen, ein Verstoß. Für diesen Verstoß muß man büßen, auch wenn man das Loch wieder gefüllt hat.«

»Nun, wenn das so ist, dann gehen wir eben zum Minister. Das ist doch Unsinn!«

»Es würde nichts nützen, zum Minister zu gehen. Gesetz ist Gesetz, und der Minister kann es nicht ändern, denn es gilt für alle, sogar für den Minister selbst. Was wir tun können, ist, überlegt vorzugehen. Wir können versuchen, Bakar erst einmal auf Kaution frei zu bekommen ...«

Seine Stimme war klar und hatte den regelmäßigen und langsamen Tonfall eines Menschen, der einen mathematischen Beweis vorführt.

Yama fühlte sich besiegt, ohnmächtig. So etwas war ihr noch nie passiert. Der Schweiß lief ihr herunter. Sie drückte nervös auf den Knopf des Ventilators. Bigué erstickte einen Schluchzer, nicht, weil sie sich für sich selbst schämte, sondern weil sie sich den Schmerz vorstellen konnte, den ihr Bruder in diesem Moment empfinden mußte, dort in den Räumen der Polizei, wo er verhört wurde; sie konnte sich seine Einsamkeit vorstellen angesichts der Gefühllosigkeit, der Kälte und vielleicht auch des Hohns der Polizisten. Unter den gesamten Anwesenden, die alle in irgendeiner Weise mit Bakar verbunden waren, war sie die einzige, die sich Bakars Angst vorstellen konnte, denn sie war die einzige, die ihn kannte und wirklich liebte. Yamas Wut verwandelte sich in einen dumpfen Groll auf Bakar.

»Da hat er uns ja etwas Schönes eingebrockt! Soll er doch alleine mit seiner Schande fertig werden. Er hat es gewagt, uns damit zu beschmutzen, unseren guten Ruf zu schädigen, uns zu Opfern von Klatsch und Tratsch in allen Häusern, allen Büros, an allen öffentlichen Orten zu machen! Überall wird man die ›Akte Bakar Diop‹ öffnen, die im Laufe der Zeit unweigerlich zur ›Akte Yama Diop‹ werden wird.«

Wie konnte Yama Bakar je verzeihen, ihr den Ruf verdorben zu haben, der sie so viele Opfer gekostet hatte, unaufhörliche Kämpfe gegen Spott, Anspielungen und Verachtung?

Bakars erste Nacht im Gefängnis war die kälteste und schwärzeste, die er je erlebt hatte. Als die beiden Wachen, die ihn eskortiert hatten, die vergitterte Zellentür schlossen, empfand er Entsetzen: ein haarsträubendes Gefühl, als hätte man ihn in einen tiefen Graben gestürzt, einen Graben voller Abfälle und ekelhafter Insekten. Er warf einen Blick auf die rissigen Wände, hob den Kopf zur Decke, wo sich das kleine vergitterte Lämpchen befand, sah sich den aufgeplatzten Strohsack an, der von dem kleinen Stück groben Leinen, das als Laken diente, kaum bedeckt wurde. In diesem Augenblick begriff er das ganze Ausmaß seines Unglücks und seiner Machtlosigkeit. Er begann zu zittern, dann brach er in Tränen aus und fand so für einige Zeit Erleichterung; er weinte wie ein kleines Kind. Sadas vorsichtige Warnungen klangen in seinen Ohren wider; jetzt erschienen sie ihm eindeutig, offen und deutlich. Er dachte an seine Familie, an seine Frau, an seine kleine Bigué und erkannte, daß er nur ein Spielzeug gewesen war, ein Spielball der absurden Launen seiner Familie, und daß er die Verantwortung für die Konsequenzen jetzt alleine zu tragen hatte. Alleine, denn nun war er wirklich alleine.

Anfangs waren die Haftbedingungen hart. Er durfte keine Besuche empfangen, weder in seiner Zelle noch im Sprechzimmer. Nur Yoro, der sich seiner Sache angenommen hatte und vorgeschlagen hatte, seine Verteidigung zu übernehmen, kam von Zeit zu Zeit zu ihm. Später gab man, wie gewöhnlich und wie bei allen anderen Gefangenen auch, bei ihm etwas nach, die Zwänge wurden milder, und man brachte ihm regelmäßig den *Bool* hoch, den die kleine Nabou jeden Tag um achtzehn Uhr beim Pförtner für ihn abgab.

Bakar fühlte sich fremd in dieser seltsamen Welt, in die der Zufall ihn verschlagen hatte: Sie war bevölkert von unverbesserlichen Gaunern, die in diesem Gefängnis einen friedlichen, sanften Hafen gefunden hatten. Kaum wurden sie freigelassen, beeilten sie sich, wieder ein Ding zu drehen und sich dabei in flagranti erwischen zu lassen, damit sie in das »Heim« konnten, in dem sie sich wohler fühlten als irgendwo sonst; konnten sie doch hier, anders als in der sogenannten freien Welt, tun und lassen, was sie wollten. Hier durften sie dem illegalen Glücksspiel fröhnen, ohne vor Razzien Angst haben zu müssen; sie konnten handeln, womit sie wollten, am liebsten mit Tabak, mit Transistorradios und allem möglichen technischem Spielzeug; sie taten es in aller Ruhe und in der Gewißheit, über eine sichere und treue Kundschaft zu verfügen. Manche von ihnen fanden den Gedanken gar nicht so abwegig, daß die sicherste Methode, um sich ein wenig die Taschen zu füllen, darin bestand, Händler im Gefängnis zu werden. Abgesehen davon hatten die Bewohner dieser bizarren Welt keine Gelegenheit, sich zu langweilen, denn neben ihren täglichen Aktivitäten gab es noch die nie enden wollenden Diskussionen über die Neuigkeiten aus aller Welt, mit denen sie sich durch die zahlreichen Transistorradios versorgen ließen, die ihnen Freude und Entspannung bescherten.

Bakar sprach sie manchmal an, versuchte, mit ihnen zu diskutieren, um die Zeit totzuschlagen, aber auch um ihre Gedanken, ihre Beweggründe kennenzulernen. In dem Maße, wie er sie studierte, schwand auch sein erster Eindruck dahin; seine anfängliche Angst war dem Mitleid gewichen, denn Bakar war zu dem Schluß gelangt, daß viele dieser Randexistenzen nicht eigentlich schlecht waren, sondern daß sie nur keine Welt gefunden hatten, in die sie hineinpaßten. Unter ihnen war manch einer, der ein sehr gutes Herz besaß und der ihn, als es ihm gelungen war, sein Vertrauen und seine Liebe zu gewinnen, durch seinen Edelmut und seine Großzügigkeit in Erstaunen versetzte.

Das gleiche Gefühl empfand er gegenüber den jugendlichen Straftätern, die sich benahmen, als hätten sie vom Leben nichts mehr zu erwarten. Ihre Haltung, ihr Jargon, ihre Handlungen machten aus ihnen Wesen, die sich an einem völlig anderen Horizont orientierten, der phantastisch, abenteuerlich und gefährlich war, der ihnen aber das zu geben schien, was das Leben ihnen verweigert hatte: Sie fanden ihr Glück in dem unerbittlichen Kampf, den sie gegen eine Gesellschaft führten, die über sie hinwegsah, und ihr größter Ehrgeiz war es, die Ruhe ebendieser Gesellschaft zu stören. Dann gab es im Gefängnis auch noch Leute wie Bakar, die immer als ehrbar gegolten hatten, bis sie einer plötzlichen Schwäche nachgegeben und Summen »ausgeliehen« hatten, die sie vor der Kontrolle des Inspektors nicht mehr hatten zurückerstatten können; oder aber, weil sie machtlos gewesen waren gegenüber dem Druck einer fordernden, unverständigen, blinden Umgebung.

Bakar lebte gut zehn Monate lang zwischen Ungewißheit und Langeweile, bis ihm Yoro, der an alle Türen der Justiz geklopft und das Unmögliche versucht hatte, zu verstehen gab, daß er nicht einmal hoffen konnte, auf Kaution freizukommen. Die unterschlagene Summe war zu hoch und das Gesetz unerbittlich. Yoro hatte allerdings die verschiedenen und komplizierten juristischen Prozeduren in Gang zu setzen verstanden, die so oft für das langsame Mahlen der Mühlen des Gesetzes verantwortlich sind. Dadurch fand der Prozeß dreizehn Monate nach Bakars Verhaftung statt. Trotz aller Anstrengungen, die man unternommen hatte, wurde Bakar zu fünf Jahren Zwangsarbeit verurteilt. Man hatte die Summe, die zurückgezahlt werden sollte, nicht aufbringen können, denn Yama war die einzige gewesen, die dies hätte tun können. Sobald sie aber begriffen hatte, daß er um das Gefängnis nicht herumkommen würde, hörte sie auf, sich für die Angelegenheiten ihres Bruders zu interessieren. Verschiedene Dinge aus seinem Besitz waren verkauft worden, sogar sein Auto; verschiedene Mitglieder seiner Familie und Sada hatten zusammengelegt, doch hatte man bald feststellen müssen, daß das gesammelte Geld nicht mehr war als ein Tropfen im Ozean. Tante Ngoné und Vater Ousseye hatten sich daher den okkulten Kräften zugewandt, und es gab keinen bekannten *Marabout*, den sie nicht konsultiert, kein Dorf, das einen einschlägigen Ruf hatte und das sie nicht besucht, keine Mixtur, keinen Absud, den sie Bakar nicht gegeben hatten, damit er davon trank und seinen Körper damit einrieb. Alles erwies sich als wirkungslos.

Dank Yoro genoß Bakar aber relativ leichte Haftbedingungen; obwohl er zu Zwangsarbeit verurteilt worden war, mußte er keinerlei Arbeit verrichten und wurde behandelt wie ein politischer Gefangener. Jeden Morgen wurde er vom Geschrei der Transistorradios geweckt, die die Todesfälle bekanntgaben. Zu Anfang war er darüber entsetzt gewesen, denn es war nicht schön, seinen Tag mit so traurigen Dingen zu beginnen. Deshalb hatte er, als er noch in Freiheit war, gerne einen einheimischen oder internationalen Sender eingestellt, der eine sanfte und beruhigende Musik übertrug oder die Klänge von *Khalams* und *Koras*, die seine Sensibilität anregten, so als würden sie in seinem tiefsten Inneren verborgene Fasern berühren; dies brachte einen Augenblick unbeschreiblichen Glücks über ihn, einen Moment der Seligkeit, in dem sich Bakar buchstäblich außer sich fühlte. Eines Morgens hatte er sich sogar dabei ertappt, wie er sich diese Extase zu erklären versuchte, in die er nur durch die Klänge von Khalams und Koras zu gelangen vermochte: »Wenn man mir sagen würde, daß das Paradies nicht existiert, dann würde ich es nicht glauben, denn wenn es dem Menschen möglich ist, in Augenblicken, die unglücklicherweise so kurz sind, so perfekte, so göttliche Freuden zu empfinden, dann ist es mit Sicherheit so, daß man in einer Welt, die uns verborgen ist, die gleichen Freuden finden kann, diese aber beständiger, dauerhafter sind; und diese Welt kann, wie es Gott uns hat sagen lassen, nur das Paradies sein. Glücklich der Erwählte, der diese ewige Seligkeit erfahren wird!«

Die Atmosphäre des Gefängnisses und die Macht der Gewohnheit veränderten Bakar: Er lernte nicht nur, die morgendlichen Todesansagen zu ertragen, sondern erwartete sie sogar ungeduldig, sobald die Sonne aufgegangen war. Und als ihm Bigué eines Tages ein kleines Transistorradio brachte, dankte er dem Himmel dafür, daß er seine Zelle nicht mehr frühmorgens verlassen mußte, um zum Hören der »Nachrichten« in die Zelle des Nachbarn zu gehen. Die »Nachrichten« waren sein einziger Kontakt nach »draußen«, zur freien, bewegten Welt. Die Todesnachrichten, die von Tagesanbruch an die Menschen mit den traurigen Tatsachen ihrer Existenz konfrontierten, bedrückten ihn nicht mehr. Was ihn störte, war, daß der Gedanke, das Ableben eines geliebten und geschätzten Menschen zu verkünden, anscheinend keine große Rolle mehr spielte. Warum diese unendlich langen Listen von Verwandten, Freunden und sogar von flüchtigen Bekannten? Warum hören die Leute so gerne ihren Namen im Radio, und warum ist für sie ein Todesfall eine willkommene Gelegenheit, ihre Sucht nach Ruhm zu befriedigen? Alle diese Fragen, die ihn bewegten, blieben unbeantwortet; er erinnerte sich daran, wie er, als er noch frei gewesen war, oft gehört hatte, wie Männer und vor allem Frauen sagten: »Stell dir vor, ich habe einen Angehörigen verloren, ich war sogar im Radio!«

Der größte Widerspruch aller Widersprüche war, daß die Anzeigenden, die mehr an sich selbst als an alles andere dachten, gelegentlich vergaßen, den Namen des Verstorbenen auf die Liste zu setzen, was Bakar in seinen Ansichten bestätigte.

Er bekam regelmäßig Besuch von seinen Eltern, etwa einmal die Woche. Yoro, Bigué und Sada kamen häufig zu ihm. Fanta schickte ab und zu ihren Mann, aber zu Bakars großer Verwunderung, und auch zu seinem großen Schmerz, war Yama, seitdem er in Haft war, noch nie gekommen. Amar war ein- oder zweimal dagewesen, Yama aber hatte ihn nicht nur nie besucht, sondern ihm auch jede moralische Unterstützung versagt, denn sie hatte ihm kein einziges Mal Worte der Ermutigung zukommen lassen. Bakar konnte es einfach nicht verstehen. Da er aber ohnehin wenig sprach und weil alle Nachforschungen nur so weit kamen wie seine Gedanken, zog er es vor, über die Probleme, die ihn beschäftigten, nachzugrübeln, tagelang, wenn es sein mußte; dagegen sprach er nur sehr selten darüber. Deswegen sagte er weder zu Tante Ngoné etwas über seine Verbitterung noch zu Bigué, mit der er sich auf eine stille Weise verbunden fühlte, noch zu Sada, dem er sich manchmal anvertraute, noch zu irgend jemandem sonst. Er beschränkte sich darauf, Nabou, die täglich ins Gefängnis kam, zu fragen: »Hört ihr zu Hause viel von Yama?«

Und sie antwortete ihm, daß Yama dann und wann vorbeischaute, wenn sie zu einem Empfang ging oder um den Sack Reis zu bringen, den Amar Tante Ngoné jeden Monat schenkte, oder aber um einen *Bôli* zu machen, ein Gericht aus Hühnerfleisch, das sie zu einer Namensgebung oder einer Hochzeit mitbringen wollte.

Während der ersten Monate seiner Haft kam Mame Aïssa ihren Mann immer am Samstagnachmittag besuchen, denn das war der offizielle Besuchstag. Für sie bedeutete es allwöchentlich eine Qual, sich für den Besuch im Gefängnis vorzubereiten. Diese Qual wurde einerseits von ihrem schlechten Gewissen verursacht – sie war sich dessen wohl bewußt, daß, wenn Bakar dorthin gekommen war, wo er sich jetzt befand, es auch deswegen war, weil er ihr keinen Wunsch abgeschlagen hatte. Andererseits schämte sie sich, im Viertel so plötzlich zum Gesprächsstoff geworden zu sein. Außerdem fühlte sie sich durch das Unverständnis ihrer Mutter verletzt, die von der ganzen Sache nichts mehr wissen wollte und behauptete, daß man in ihrer Familie noch nie so eine Schande erlebt habe. Zwei Lastwagen waren gekommen, um all die Möbel wieder abzuholen, die Bakar in glücklicheren Zeiten vor dem Haus des alten Wellé Guèye hatte abladen lassen. An diesem Tag hatte Mame Aïssa heiße Tränen vergossen, ohne ein einziges Wort herausbringen zu können, während sich ihre Mutter, die sich in ihrem Zimmer verborgen hielt, fühlte, als ob man sie zur Strafe für das allerschrecklichste Verbrechen splitternackt durch die Straßen der Gueule-Tapée führen würde. Was den alten Wellé Guèye betraf, so hatte er in der Mitte des Hofes gestanden, an einen Pfeiler gelehnt, und die Szene die ganze Zeit über schweigend beobachtet. Man hätte meinen können, daß er den Gerichtsvollzieher mit den großen, schwarzen Sonnengläsern nicht sehe; dieser hielt ein Heft in den Händen und zeigte den Packern, welche Möbel sie mitnehmen sollten. Die Nachbarn hatten an den Fenstern Stellung bezogen, manche Frauen hatten ihre Häuser verlassen und sich einfach auf den Gehsteig gesetzt, andere trieben aus Sensationsgier die Unverschämtheit so weit, bis in das Haus von Wellé Guèye einzudringen und zu fragen, ob Adja Dado umziehen wollte, ohne sich von ihnen verabschiedet zu haben. Sie, die alle Verstellung durchschaute, verbarg ihr Entsetzen, um den Schein zu wahren. Sie wußte, daß diese Frauen nur deshalb in ihr Zimmer gekommen waren, um sich am Anblick ihrer Schmach zu weiden, und hatte ruhig an das

Schicksal erinnert, an die schlechten Menschen, die mit dem bösen Blick, und an Satan.

Als sie mit ihrer Tochter allein war, zeigte sie sich weniger abgeklärt, zumal der alte Wellé Guèye sie angeklagt hatte, an all dem, das ihnen jetzt zustieß, schuld zu sein. »Siehst du«, hatte er zu ihr in vorwurfsvollem Ton gesagt und dabei in einer Geste der Verzweiflung und der Verachtung die Arme erhoben, »du hast mit dem Geld gerechnet, und nun müssen wir Schande ernten. Ihr Frauen seid Teufel, ihr liebt das Geld zu sehr, ebenso wie die Torheiten, die Geltungssucht. Jetzt schau, was du davon hast!«

Um sich in den Augen ihres Mannes zu rehabilitieren, beschloß Adja Dado, auf Mame Aïssa einzuwirken. Sie ließ keine Gelegenheit aus, sie daran zu erinnern, in welch erniedrigender Lage sie sich jetzt befand; außerdem machte sie ihre Tochter darauf aufmerksam, daß sich seit Bakars Verhaftung um sie herum Leere breitgemacht hatte.

»Wo siehst du jetzt all jene, die immer hierherkamen? Gut, Sada ist da, aber was haben wir von Sadas Besuchen? Abgesehen davon gehen mir seine Besuche auf die Nerven. Die Schwestern deines Vaters und deine Onkel, siehst du sie jetzt hier? Nein. Sie können die Schande nicht ertragen. Sollen wir uns wegen Bakar aus der Gesellschaft verbannen lassen?«

Was Adja Dado nicht wußte, oder aber nicht zu wissen vorgab, war, daß Mame Aïssa ihren Mann zärtlich liebte, trotz allem, was passiert war. Sie hatte immer versucht, es ihr begreiflich zu machen, und während sie auf die Reden ihrer Mutter antwortete und von Dankbarkeit sprach, von Treue, vom Willen Gottes und von dem Maß Schwarzbrot, das jedes Geschöpf wohl oder übel essen mußte, war in Wirklichkeit die Liebe zu Bakar der Grund für ihre Ergebenheit in ihr Schicksal. Wenn sie ihn besuchte, brachte sie ihm jedesmal eines seiner Lieblingsgerichte mit, das sie einen ganzen Vormittag lang auf kleiner Flamme hatte schmoren lassen, außerdem Früchte, Zeitschriften und Zeitungen, denn sie wußte, daß Bakar gerne las. Dieser wußte seinerseits ihre Gesten wohl zu schätzen, war aber auch etwas verlegen und empfand Schuldgefühle gegenüber seiner Frau. Eines Tages beschloß er, mit ihr darüber zu reden.

»Mame Aïssa, verzeih mir.«

»Was hast du mir denn getan?«

Sie lächelte ihr bezauberndes Lächeln, so daß er ihr *Sakkala* sehen konnte und die beiden Reihen strahlendweißer Perlen, ihre Zähne in tiefblauen Kiefern.

»Ich kann mir vorstellen, daß dein Leben hart ist, im moralischen Sinne, meine ich. Eine junge Frau wie dich inmitten des Unglücks und der Schande alleinzulassen, das möge Gott mir verzeihen!«

In diesem Augenblick dachte Mame Aïssa an ihre Mutter; sie fühlte einen Stich im Herzen, aber sie ließ sich nichts anmerken. Sie senkte nur, vom Gefühl überwältigt, den Kopf, während Bakar, der sie beobachtete, fortfuhr: »Und all das Geld, das du dafür ausgibst, um mir etwas mitzubringen, während ich selbst unfähig bin, dich zu ernähren, dich und unser Kind! Das alles macht mich sehr unglücklich, denn meine Schande wird dadurch nur größer. Mame Aïssa, wenn du mir mein Los erleichtern willst, dann bringe mir nichts mehr mit, deine Anwesenheit allein ist mir Freude genug.«

»Ich habe keinerlei Schwierigkeiten, Geld für das zu finden, was du ›Ausgaben‹ nennst.«

»Wie das?«

»Weißt du es denn nicht?«

»Nein, ich habe keine Idee ...«

»Seit du hier bist, bringt mir Sada jeden Monat fünftausend Francs. Er sagt, sie kämen von dir.«

Bakar senkte den Blick, und es war, als schwebe eine Wolke des Schweigens über dem Mann und der Frau, bis endlich die verstimmte Klingel ertönte, um das Ende der Besuchszeit zu verkünden.

Bakar legte sich auf den Strohsack, der zu kurz für ihn war; seine Fersen berührten den nackten Boden. Er starrte die Decke an. Den Kopf legte er auf die Hände, die ihm als Kissen dienen mußten. Er hatte sein Radiogerät nicht eingeschaltet, wie er es sonst zu tun pflegte, wenn die Besuchszeit vorbei war; er hörte auch den Lärm nicht, den die vielen Radios machten, die auf verschiedene Sender eingestellt waren. Er achtete nicht auf das unablässige Herumlaufen auf dem Flur noch auf die lauten Diskussionen, die das Gefängnis mit allen möglichen Klängen und Geräuschen erfüllten.

Wie ein Film lief die Geschichte seiner Freundschaft mit Sada vor seinem inneren Auge ab. »Sada ist eine dieser seltenen Pflanzen, die unerkannt wachsen, die man nur durch Zufall auffindet, vielleicht nur einmal in jedem Jahrhundert, und die weder in Gold noch mit Diamanten aufzuwiegen sind, noch mit allem, was man für wertvoll hält und was es doch nicht ist, weil es einen Gegenwert in Geld hat. Was wirklich wertvoll ist, steht über allem anderen; es ist das, was der Vollendung zustrebt, und das ist der Grund, warum Sada mir wertvoll ist. Als wir uns kennengelernt haben, waren wir nur kleine Kinder. Wir waren der Schrecken unserer Eltern, unserer Nachbarn, ja des ganzen Viertels, denn wir waren sorglos, gedankenlos und böse wie alle Kinder in diesem Alter. Wie viele Streiche haben wir in den gewundenen, sandigen Gassen von Colobane ausgeheckt, zwischen den Barakken, die so eng nebeneinander standen, ohne jeden Zwischenraum, den man doch so nötig gebraucht hätte! Was haben wir uns alles ausgedacht, draußen, unter dem Nachthimmel und den Sternen, in diesem Viertel, in dem Dunkelheit und Heimlichkeit herrschten! Wir hatten uns einen stillen Winkel gesucht, während unsere Eltern, müde von den täglichen Mühen, endlich Zeit zum Leben hatten und ihre Erschöpfung und ihre Probleme über den langen Gesprächen vergaßen. Dazu versammelten sich die Nachbarn im Hof, bis spät in die Nacht hinein, besonders, wenn es tagsüber sehr heiß gewesen war. Dieses Zusammensein, diese Öffnung gegenüber dem anderen, dieser stetige Austausch von Ideen und Gedanken – welcher Reichtum, welcher Balsam für die menschliche Seele. Wenn ich dagegen an die drückende Einsamkeit des Gefangenen denke, die ich jetzt erleben muß! Das mag das Glück und die Freude unser Eltern gewesen sein...«

»Wir waren eine Horde Kinder. Die Schule, das Herumvagabundieren, der Schlaf... Was wir alle gemeinsam hatten, war die Armut. Aber wir liebten dieses Leben, und wenn ich heute daran zurückdenke, dann kommt es mir fast so vor, als wäre es die glücklichste Zeit meines Lebens gewesen.

Eine Horde umherstreifender Kinder, die Kaftane oft in Fetzen, die Füße häufig nackt, mit laufenden Nasen. Ein Außenstehender hätte sicher gedacht, wir wären uns selbst überlassen, wir hätten keine Mütter, die sich um uns kümmerten! Aber ganz im Gegenteil, ganz im Gegenteil! Wie viele Schläge haben wir bekommen, wenn wir besiegt von irgendwelchen Kämpfen zurückgekehrt waren, in Lumpen, während wir doch am Morgen, als wir aus dem Haus gingen, noch ordentlich, unversehrt, sauber gekleidet gewesen waren! Wie viele Ohrfeigen gab es, die wir einstecken mußten, weil wir im Eifer des Spiels nicht gezögert hatten, uns in einen Sumpf aus Schlamm und Abfällen zu werfen, um den Ball herauszuholen, der nur aus Lumpen bestand und uns doch so kostbar war!

Eine Horde Kinder, die nach dem Gesetz des Dschungels lebten. Der Stärkste zögerte nie, den Schwächsten zu Boden zu werfen. Kein Mitleid, kein Entgegenkommen, keine Freundschaft. Und doch kann ich mich daran erinnnern, daß mich immer irgend etwas mit Sada verbunden hat, mehr als mit den anderen. Andererseits war da aber auch nichts, was diese Freundschaft angekündigt hätte, die der Zeit, den Prüfungen, ja dem Leben selbst widersteht.

Inmitten dieser Fauna war Sada der König. Er war im übrigen kein ungerechter König, und er nutzte sein Talent zum Boxen nicht immer aus; dafür ließ man ihn auch in Ruhe. Fast alle Jungen hatten schon mit seiner Faust Bekanntschaft gemacht und auch mit der Wirkung seiner Kopfstöße, so daß sich alle hüteten, ihn zu provozieren.

Wie weit ich in meiner Erinnerung auch zurückgehe, ich sehe immer einen eher schweigsamen Sada, der zu dem Wort steht, das er gegeben hat, und der viel zu vernünftig für sein Alter ist. Er war ja auch viel älter als manche von uns, aber das hatte nicht viel Bedeutung, unter Schulkindern gelten die Unterschiede nicht so viel ...

Was führte also zu solch einer dauerhaften Freundschaft? Auf diese Frage werde ich sicher bis ans Ende meiner Tage keine Antwort finden. Es ist unsinnig zu glauben, daß man Freundschaft erklären und untersuchen kann wie ein mathematisches Problem. Es genügt mir, Sadas Treue zu erleben, sein Taktgefühl, seine Ehrlichkeit, seine Seelengröße ...

Während ich hier eingesperrt bin, hilflos und allein, kümmert sich Sada um meine Familie, ohne mir auch nur ein Wort davon zu sagen. Und um meine Ehre als guter Ehemann und würdiger Vater zu retten, sagt er noch dazu jedesmal zu Mame Aïssa: ›Es kommt von

Bakar.‹ Aber ... Das ist nicht das erste Mal, daß Sada, um mich zu retten, diese einmaligen, großzügigen Dinge tut, zu denen nur jene, die mit dem Blut auch den Edelmut der Seele geerbt haben, fähig sind ... Aber ja, jetzt erinnere ich mich plötzlich daran, jetzt steht es wieder vor mir, so klar, so lebendig, so wirklich wie in dem Moment, in dem es geschah ...

Die Sonne brannte heiß herunter, die Hitze des Nachmittags nahm einem schier den Atem, der Harmattan wehte und hob den Staub empor, wirbelte den Müll, den er in den Straßen fand, durch die Gegend, schob eine Wolke aus rotem Sand vor sich her. Wir, die Jungen aus dem Viertel, trotzten wie immer den Elementen und spielten Fußball.

Ich erinnere mich sogar, an welchem Tag das war ... Es war ein Donnerstag, ja, ein Donnerstag, ich weiß es noch sehr genau, weil wir an dem Tag keine Schule hatten. Ich weiß sogar noch die Tageszeit ... Es war um die Zeit des *Tisbaar*, wenn die Eifrigsten in der Moschee sind und die anderen im Schatten irgendeines dichtbelaubten Baumes liegen und ihre mittägliche Portion *Ceebu jën* verdauen.

Um die Zeit des *Tisbaar*, in einer Gasse, in der kaum jemand war und die wir ein bißchen als unseren Sportplatz betrachteten, unser Revier, denn sie war gerader als alle anderen, breiter und länger.

Das Fußballfieber hielt uns in seinem Bann. Ich weiß bis heute nicht, wie es passiert ist, aber der Ball, dem ich einen heftigen Kick gegeben hatte, traf mit der Kraft eines Peitschenhiebes das Gesicht eines Mannes, der in genau diesem Augenblick aus einer Seitengasse trat. Der Mann – er mag zwischen fünfundfünfzig und sechzig Jahren alt gewesen sein – beugte sich nach vorne und schlug seine Hände vors Gesicht. Als er nach ein paar Augenblicken die Hände wieder herunternahm, sah man das Blut, das in dicken Tropfen aus seinen Nasenlöchern kam. Die Stille wurde drükkend, man hörte nur noch das Heulen des Harmattan. Wir waren alle zu stummen Zuschauern geworden. Mich hatte eine große Angst ergriffen, ich war wie versteinert. Gleichzeitig fühlte ich, wie die Blicke all meiner Kameraden auf mich gerichtet waren. Der Mann preßte seine Nase mit einer Ecke seines Boubou zusammen, um die Blutung zu stillen. In der linken Hand hielt er den Ball, der ihn so böse verletzt hatte. Er trat einen Schritt auf uns zu, und aus Panik verrieten mich alle meine Kameraden: ›Es war Bakar; es war Bakar! Hier ist er!‹ Ich hatte nicht die Zeit zu reagieren. Geschickte Hände hatten mich bereits ergriffen. Der Mann klemmte sich den Ball unter die linke Achsel und hielt sich die Nase mit der linken Hand zu, um die Rechte frei zu haben. Er nahm mich beim Kragen und zog dadurch den Halsausschnitt meines Kaftans so eng zusammen, daß ich das Gefühl hatte, zu ersticken.

Ich sah, wie sich die anderen Kinder dann entfernten, aber sie gingen bloß so weit, daß sie außerhalb der Reichweite des Mannes standen und trotzdem von meinem Martyrium nichts verpaßten.

In diesem Augenblick sah ich Sada, etwa zehn Meter von mir entfernt. Ich stand ihm gegenüber, während der Mann, der damit beschäftigt war, mich zu schütteln und mir grobe Fußtritte zu geben, ihm den Rükken zuwandte. Ich erkannte blitzartig, wie Sada den Gummi seiner Schleuder spannte. Mir blieb keine Zeit, um zu verstehen ... Der Mann stieß einen schrillen Schrei aus, der die Stille zerriß und faßte sich instinktiv mit der rechten Hand an die Stelle, an der ihn das Geschoß getroffen haben mußte. Im gleichen Augenblick hörte ich, wie Sada mir zurief: ›Steh doch da nicht rum, Bakar, lauf ...‹ Alle anderen stieben davon.

Bis zum heutigen Tag hat Sada nie davon gesprochen.«

Die Abstände zwischen den einzelnen Besuchen von Mame Aïssa wurden immer größer. Sie kam nicht mehr jede Woche, sondern nur noch alle vierzehn Tage. Bakar fand auch, daß sie insgesamt zurückhaltender geworden war, aber er sagte sich: »Das ist der Kummer darüber, mich im Gefängnis zu sehen, der an ihr nagt. Außerdem ist sie von Natur aus zurückhaltend, und trotz ihrer Jugend verkörpert sie genau jene weiblichen Tugenden, die heutzutage immer seltener werden. Ich glaube, das ist es, was mir am meisten an ihr gefällt.«

Und wirklich brütete Mame Aïssa über ihrem Schmerz. Jedesmal, wenn sie das Haus ihrer Eltern verließ, um ihren Mann zu besuchen, nahm sie den festen Entschluß mit, ihm offen zu sagen, was sie erdulden mußte. Aber sobald sie über die Schwelle des Gefängnisses trat, verließ sie der Wille, sich ihm anzuvertrauen. Die Erziehung besitzt die seltsame Macht, den einzelnen nach ihren ehernen Gesetzen zu formen und ihm fast jegliche Kraft zu nehmen, sich von diesen Gesetzen zu befreien. Sie hätte einen eisernen Willen benötigt, den Mut eines Herkules. Aber Mame Aïssa war eine Frau, sie hätte nie gewagt, frei nach ihrem Willen zu handeln. Sie war durch eine Umwelt geprägt, in der jeder Versuch der Befreiung als Skandal angesehen wurde, als Verrat. Dieses Verbot, das ihr selbst nicht bewußt war, hinderte sie daran, mit ihrem Mann zu sprechen: »Es schickt sich nicht, daß ich ihm von den Problemen erzähle, die ich mit meiner Familie habe. Erstens würde er darunter leiden, und zweitens würde es mich in seinen Augen abwerten.«

Bakar konnte nicht wissen, daß Adja Dado Sarr nichts unversucht ließ, um die Ehe ihrer Tochter zu zerstören: Ratschläge, Verwünschungen, die Dienste von Marabouts – sie hatte keinerlei Skrupel. Eines Tages berief sie sogar einen Familienrat ein.

»Wir dürfen nicht zulassen, daß es so weitergeht«, hatte sie gesagt. »Als Bakar Mame Aïssa heiraten wollte, war El Hadji Wellé Guèye nicht sehr begeistert, Gott weiß es! Wenn diese Ehe also geschlossen worden ist, dann unter anderem deswegen, weil ich schlecht informiert war, denn ich habe nachher feststellen müssen, daß niemand diese Ngoné Niang und diesen Oussèye Diop kannte. Wenn man heute von ihnen spricht, dann nur dank des Geldes von Amar Ndiaye. Andererseits gibt es auch das Schicksal, und Gott hat gewollt, daß Mame Aïssa und Bakar ein Kind geboren werden sollte.«

In diesem Augenblick schlug Mame Aïssa die Augen nieder, damit keiner sah, daß sie in Tränen standen.

»Wie unmenschlich«, dachte sie, »so über den Vater meines Kindes zu sprechen. Wenn man den Vater so verachtet, jetzt, wo man sieht, daß er ein Niemand ist, bedeutet das, daß man meine Tochter nicht anerkennt?«

Es war, als habe sich Adja Dado Sarrs Zimmer für diese besondere Gelegenheit in einen Gerichtssaal verwandelt. Es saßen darin alle Tanten von Mame Aïssa – väter- und mütterlicherseits –, alle Freundinnen von Adja Dado und alle ihre Tanten. Es war eine Versammlung, die sich aus Frauen der verschiedenen Altersstufen zusammensetzte; sie waren alle zwischen dreißig und sechzig Jahre alt.

Mame Aïssa saß in der Mitte auf einer Matte, und Adja Dado ihr gegenüber. Alle Augen waren starr auf sie gerichtet, und es kam ihr vor, als habe man sie an einen Lügendetektor angeschlossen.

Adja Dado fuhr fort: »Und warum sollte sie nun einfach so dahinwelken, warum sollte eine so junge Frau wie sie das Elend als ihr tägliches Brot ansehen und auf jemanden warten, der im Gefängnis vermodert? In wessen Namen? Weiß Mame Aïssa denn nicht, daß alles, was sie von Bakar je erwarten kann – und was kann sie im übrigen schon von jemandem erwarten, der nichts hat, wovon er sich ernähren kann! –, ich meine also, alles, was sie von Bakar erwarten könnte, könnte ihr auch ein anderer geben. Man darf nicht vergessen, daß Gott groß ist!«

Sämtliche Frauen waren ihrer Meinung. Eine ihrer Tanten, Lissa Diop, deren Stimme im Alter zu einem regelrechten Meckern geworden war, ergriff das Wort: »*Wallaay* Mame Aïssa, deine Mutter spricht nur die reine Wahrheit. Eine Frau darf nicht dickköpfig sein! Höre auf sie und tue, was sie dir sagt. Was sie dir soeben gesagt hat, haben alle anderen gedacht, nur konnte noch niemand etwas sagen ...«

Die Frauen stimmten ihr einhellig bei. Sie hatten das Lob und die Segenssprüche vergessen, die sie einst über Bakar ausgeschüttet hatten, all das Gute, was sie über ihn gesagt hatten; damals, bei Mame Aïssas Hochzeit und bei der Namensgebung ihrer Tochter, konnten sie Summen unter sich aufteilen, die keine ihrer *Nawle* bei ähnlichen Gelegenheiten jemals erhalten hatte. Keine von ihnen erinnerte sich noch an das Geld für Kola, das ihnen Bakar an Festtagen gegeben hatte oder anläßlich eines Besuches bei Adja Dado. Sie redeten alle auf Mame Aïssa ein, bis es ihr zu viel wurde und sie herausplatzte: »Ich verstehe euch nicht mehr ... Ich habe euch doch sagen hören, daß das höchste Verdienst einer Frau darin liegt, ihre Ehe zu erhalten, ihrem Mann treu zu sein und zu ihm zu stehen. Habt ihr mir nicht immer gesagt, daß ein Ehemann ›nicht im Rang seiner Ehefrau steht, sondern ihr Herr ist‹?«

Ihre *Bajàn* fühlte sich berufen, ihr darauf zu antworten.

»Natürlich haben wir dir das gesagt, aber man muß die Dinge auch entsprechend den Situationen zu interpretieren verstehen. Hast du je eine Frau gesehen, die so tugendhaft war, daß sie ihrem Mann bis ins Grab gefolgt wäre? Nicht einmal der verdienstvollste Ehemann hat diese Ehre jemals genossen, und der deinige ist deiner nicht einmal würdig.

Wenn wir hier sind, dann darum, um dich der Schande zu entreißen. Wenn du uns nun folgen willst, wie es jedes wohlerzogene Kind tun sollte, so werden wir dir dafür danken. Denke daran, daß, Gott sei es gedankt, Bakar Diop nicht der einzige mögliche Ehemann auf Erden ist. Und vergiß nicht, daß er ein *Badoolo* ist; wenn er es nicht wäre, dann hätte er nicht gestohlen. Ein *Gor* stiehlt nicht.«

Adja Tiara Guèye war die jüngere Schwester von El Hadji Wellé und hatte daher, wenn es um Mame Aïssa ging, fast ebensoviel zu sagen wie Adja Dado. Sie war eine herrische Frau mit einer sehr männlichen Stimme und einer spitzen Zunge. Sie war beinahe eine Riesin, hochgewachsen und breit und von sehr dunkler Hautfarbe. Ihre Augen waren gerötet, und sie hatte an den Schläfen und auf den Wangenknochen Schmucknarben. Sogar wenn sie fröhlich war, hatte man immer den Eindruck, daß sie einen gleich fressen wollte, so furchterregend sah sie aus. Sie hob, nachdem sie gesprochen hatte, die Versammlung auf.

Bakar war nur noch einige wenige Monate von der Freiheit entfernt und machte schon Pläne, als ihm eines schönen Tages der Wärter seiner Abteilung einen Brief überreichte.

»Wer hat ihn mir geschickt?«

»Keine Ahnung. Man hat ihn an der Pforte abgegeben, und gerade hat ihn mir einer hochgebracht.«

Bakar drehte den Umschlag nach allen Seiten um, als könne er dadurch das Geheimnis erkennen, das sich darin verbarg.

»Wo ich doch sonst nie Briefe bekomme!« dachte er. »Wer wird mir wohl geschrieben haben?«

Als er den Brief geöffnet hatte, las er ungeduldig als erstes die Unterschrift: »Mame Aïssa Guèye«.

»Lieber Bakar,

ich hoffe, daß es Dir gut geht. Ich habe Dich in letzter Zeit nicht besuchen können. Ich schreibe Dir diesen Brief, um Dich zu bitten, mir meine Freiheit zurückzugeben. Vielleicht war es der liebe Gott, der entschieden hat, daß unsere Verbindung hier aufhören soll. Meine Verwandten werden zu Dir kommen. Du wirst also den Deinen Anweisungen geben, bevor unsere Delegation zu Deinem Vater geht. Ich grüße Dich. Bigué geht es gut.«

Bakar dachte zuerst, er sei Opfer eines Irrtums geworden. Er las den Brief immer wieder, wohl so an die zwanzigmal. Aber es nützte nichts, es war die Wirklichkeit; es war unerträglich, aber es blieb trotzdem wirklich.

Bakar wollte sich nicht dem Selbstmitleid hingeben, noch sich in sinnlosen Klagen ergehen. Zwei Tage und zwei Nächte lang versuchte er herauszufinden, welche Gründe Mame Aïssa gehabt haben mochte: »Schämt sie sich, weil ihr Mann im Gefängnis ist? Ist sie anders, als ich dachte? Hat sie es satt, auf mich warten zu müssen?«

Keine romantischen Tränen, und doch hing Bakar so sehr an seiner Frau! Es war ihm während seiner ganzen Haftzeit klar gewesen, welche enormen Opfer sie einfach nur dadurch auf sich genommen hatte, daß sie eine gehorsame und würdige Ehefrau geblieben war. Nie hatte sie sich über etwas beklagt. Immer das gleiche Taktgefühl, die gleiche *Sutura*, die gleiche Bescheidenheit. Sada hatte oft zu ihm gesagt, daß Mame Aïssa aus einem anderen Holz geschnitzt sei als all diese Frauen, die ihre Ehe nur in guten Tagen aufrechterhalten wollen.

Bakar verfluchte nicht die Frauen im allgemeinen, er erging sich auch nicht in Tiraden über ihre Undankbarkeit. All seine Überlegungen waren von einer verständnisvollen Haltung gegenüber seiner Frau geprägt.

»Wenn sie zu diesem Entschluß gelangt ist, dann muß sie ihre Gründe haben!«

Und sobald Sada zu Besuch gekommen war, reichte er ihm den Brief. Ohne daß dieser Gelegenheit hatte, etwas zu sagen, meinte Bakar gleich: »Es ist also zu Ende. Gehe bitte zu meinem Vater und erkläre es ihm. Dann wirst du Amar Ndiaye, Ali und Yoro bitten, dich zu El Hadji Wellé zu begleiten; ihr werdet ihm sagen, daß ich Mame Aïssa ihre Freiheit zurückgebe. Ich fordere von all dem, das ich ihr geschenkt habe, nichts zurück.«

Sada nickte. Er erkannte an Bakars Miene und am Klang seiner Stimme, daß sein Freund litt. Trennt man sich so leicht von jemandem, den man geliebt und den man in gewisser Weise als den Sinn seines Lebens angesehen hat?

»Schau, Bakar, das Leben springt von Überraschung zu Überraschung. Wichtig ist, daß man sich zu beherrschen vermag, daß man den Dingen ins Gesicht sieht, daß man ihnen mit dem Verstand begegnet und nicht mit dem Herzen. Ich sehe, daß du den richtigen Weg gehst. Man muß im Leben immer und jederzeit mit Hindernissen rechnen, damit man sie leichter überwinden kann.«

»Das stimmt«, antwortete Bakar. »Nur habe ich dieses Mal nicht damit gerechnet, aber ... Vielleicht ist es besser so.«

Sada begriff, daß Bakar nicht nur enttäuscht, sondern auch in seiner Ehre getroffen war.

»Jeder Mann hat seine Würde – seine Jom –, die er erhalten muß«, dachte er. Im Grunde hat er recht. Warum weiter den Ehemann mimen, wenn es eine undankbare und lächerliche Rolle geworden ist? Abgesehen davon hatte Bakar durch seine Entscheidung eine

Größe gezeigt, die ihrer Familie beweisen würde, daß er ihren Dünkeln zum Trotz zehnmal edler war als sie. Wenn sie es mit einem ihrer Standesgenossen zu tun gehabt hätten, was hätte man da alles zu sehen bekommen! Man hätte Hunde erlebt, die sich um einen Knochen streiten!

Vier Monate nach dem Inkrafttreten der Scheidung verheiratete sich Mame Aïssa mit einem Finanzbeamten, der in dreifacher Hinsicht eine gute Partie war: Er war guttaussehend; er hatte, als er Mame Aïssa heiratete, drei Frauen, ohne die drei anderen zu zählen, die er bereits verstoßen hatte; er gehörte einer anständigen und bekannten Familie an – und er hatte Geld. Als Hochzeitsgeschenk bekam Mame Aïssa von ihm einen Ford Taunus Coupé.

Wenig später kehrte Bakar in die Freiheit zurück. Yoro und Sada kamen nach Einbruch der Dämmerung, um ihn abzuholen; sie wollten den neugierigen Blikken entgehen, denen man sich in den belebten Gassen der Gueule-Tapée bei Tage nur allzu leicht aussetzt.

Bakar war dünner geworden. Bigué kam sein Teint heller vor, als sie ihn in einem Kaftan aus dunkelblauem Baumwollstoff sah, den er schon länger besaß und der ihm jetzt zu weit geworden war. Seine Züge waren angespannt, aber sein Blick hatte die alte Heiterkeit bewahrt.

Als er die Schwelle des Hauses überschritt, stürzte sich seine Mutter mit dem Ausruf *»Al amdulilaay!«* auf ihn.

Vater Ousseye dankte dem Himmel. Fanta war da, zusammen mit ihrem Mann Ali, der mit seiner Korpulenz und seinen allzu engen Anzügen immer etwas schwerfällig wirkte. Amar Ndiaye war anwesend, ebenso Yama. Als er diese sah, fühlte sich Bakar getröstet, ja beinahe glücklich; er sagte sich, daß es Menschen gibt, die es nicht über sich bringen, Orte aufzusuchen, an denen andere Menschen leiden, und daß Yama vielleicht zu diesen gehörte ... Auch Nabou war unter den Anwesenden; ihr kam er nicht sehr verändert vor, denn sie hatte es an keinem einzigen Tag versäumt, ihn im Gefängnis zu besuchen. Es war ihre Art, Bakar ihre Dankbarkeit dafür zu zeigen, daß er immer gut zu ihr gewesen war, daß er ihr Kleider gekauft hatte, und für die vielen Geschenke, die sie in guten Zeiten von ihm erhalten hatte.

4.

Bakar saß nun schon seit einer halben Stunde in dem Zimmer, das gleichzeitig Wartezimmer und Büro der Sekretärin war. Die junge Frau tippte auf der Schreibmaschine, ohne ihn zu beachten. Sie war klein und hübsch, Xeesal-gebleicht, geschminkt und elegant gekleidet. Man hätte meinen können, sie befände sich auf einem Empfang und nicht in einem Büro. An ihren entkrausten, glänzenden Haaren hatte sie ein Haarteil befestigt, einen Pferdeschwanz, der bis zu ihrem Rükken reichte. Bakar sah ihre langen Nägel, die sorgfältig spitz zugefeilt und in einem hellen, rosigen Emailton lackiert waren; er bewunderte den luxuriösen Boubou aus seidenbesticktem Stoff, den sie über einem schwarzen Unterteil trug. Doch es ließ ihn alles gleichgültig, und er betrachtete die junge Frau nur, um Zeit totzuschlagen, so wie er ein Möbelstück betrachtet hätte, dessen Form und Farben er ansprechend fand.

Jedesmal, wenn das Telefon klingelte, fuhr er zusammen, entspannte sich dann aber wieder. Er mußte lange warten. Erst als die Sekretärin mit einem Stoß Papiere, die sie sicher hatte unterschreiben lassen, aus dem Zimmer kam und die Tür hinter sich schloß, sagte sie ihm in einem schleppenden Tonfall: »Sie können jetzt eintreten. Der Herr Direktor erwartet Sie.«

Bakar hatte etwas Lampenfieber, als er in das Büro ging, sagte sich aber, daß er keinen Grund habe, unruhig zu sein, und daß er mit etwas Glück doch eingestellt werden könnte. Seine Hoffnung schien sich zu bestätigen, da sein Gegenüber vom ersten Moment an sehr freundlich war.

»Guten Tag, Monsieur Diop, nehmen Sie Platz. Nehmen Sie den Sessel. Den da! Gut!«

Monsieur Henri sprach wie ein Franzose aus dem Süden. Seine Unbefangenheit und Herzlichkeit bewirkten, daß sich der Besucher schnell bei ihm wohl fühlte. Wirklich bemerkenswert für den Direktor einer Gesellschaft, dachte Bakar. Monsieur Henris Freundlichkeit überraschte ihn etwas.

»Ich habe Ihre Unterlagen erhalten und durchgesehen, Monsieur Diop, ebenso wie das Empfehlungsschreiben von Monsieur Yoro Sané. Ist er ein Verwandter von Ihnen?«

»Ja ... er ist mein Schwager.«

Henri blätterte beiläufig in den verschiedenen Papieren der Akte, ohne sie zu lesen, dann fuhr er fort: »Die Gesellschaft braucht wirklich jemanden, und ich ersehe aus Ihren Unterlagen, daß Sie genug Kompetenz besäßen, um den Posten auszufüllen ... «

Bakar fühlte Hoffnung aufkeimen.

»Ich hätte gerne etwas für Sie getan«, sagte Monsieur Henri jetzt, »vor allem wegen Rechtsanwalt Sané, der ein Freund von Monsieur Georges ist, meinem Vorgänger... «

Und tatsächlich war Yoro Monsieur Georges bei der Gründung der »Privaten Gesellschaft zur Vermarktung von Fisch und Meeresfrüchten« behilflich gewesen.

»Aber, sehen Sie ... Diese berühmte Justizakte verdirbt alles ... «

Bakar hörte schweigend zu und heftete seinen Blick auf Monsieur Henri, seinen gebräunten Teint, sein buschiges Haar, sein gesundes Aussehen. Er war korrekt, sogar höflich, und schien etwas verlegen zu sein.

»Ach, deswegen ist er so freundlich«, sagte sich Bakar. »Er ist noch nicht lange da! Sobald sie sich eingelebt haben, werden die meisten von ihnen arrogant, aggressiv und respektlos. Im Umgang mit den anderen, die sich hier schon gut eingelebt haben, wird er sich schnell einen anderen Ton angewöhnen.«

»Also, es tut mir leid, Monsieur Diop, ehrlich, daß ich nichts für Sie tun kann. Unsere Vorschriften sind sehr streng. Wir können nur Leute einstellen mit ... äh ... einem makellosen Auszug aus dem Strafregister.«

Während er die letzten Worte aussprach, stand er auf und reichte Bakar den Aktendeckel rüber, der seine Unterlagen enthielt. Dann drückte er ihm herzlich die Hand.

Bakar dankte ihm und verabschiedete sich.

»Ach, wissen Sie, dieser Auszug aus dem Strafregister... «

»Aber ... der Auszug aus dem Strafregister... «

»Wenn es diesen Auszug aus dem Strafregister nicht gäbe ... «

Es war wie ein Kehrreim, den sich Bakar zehn-, fünfzehn-, zwanzigmal anhören mußte. Seine Zuversicht schwand mit jeder Enttäuschung ein wenig mehr, bis er resignierte und sich sagte, er werde abwarten, bis sich sein Glück wendete.

Er teilte seine Zeit zwischen dem Haus seiner Eltern, den Besuchen bei seinen Schwestern oder bei Sada und den kleinen Spaziergängen in der Stadt auf; immer, wenn er in seinem Zimmer war, hörte er Radio. Langsam aber empfand er die Langeweile als bedrükkend. Es kam ihm vor, als sei das Leben, das er jetzt führte, eintöniger als jenes, das er im Gefängnis kennengelernt hatte, denn inmitten von Faulen fällt die Untätigkeit weniger auf.

Wenn er dagegen jetzt aufwachte, wenn er sah, wie die Leute sich beeilten, wie jeder etwas zu tun hatte – und er selbst nichts mit sich anzufangen wußte! Es wurde ihm unerträglich.

Die Langeweile nagte an ihm, trotz aller Mühe, die sich Tante Ngoné mit ihm gab. Mit der Ergebenheit und der Bescheidenheit dieser Frau vor Augen fühlte Bakar sich in gewisser Weise schuldig, weil er nicht in der Lage gewesen war, sie zumindest teilweise für all die Opfer zu entschädigen, die sie auf sich genommen hatte, um ihn und seine Schwestern großzuziehen.

»Sie hat immer nur für uns gearbeitet«, dachte er. »Was wäre ohne sie aus uns geworden? Ich hatte versprochen, mich eines Tages, wenn ich erwachsen sein würde, ihrer würdig zu zeigen, aber ... Solange ich in ihrer Schuld stehe, werde ich mich unglücklich fühlen.«

Und Bakar erinnerte sich an einige Szenen aus seiner Jugend, die sich seinem Gedächtnis unauslöschlich eingeprägt hatten. Diese Erinnerungen ließen mit jedem Mal, daß er sie wachrief, das Bild seiner Mutter noch strahlender erscheinen, machten sie gar zu einer Heiligen. Das hing auch damit zusammen, daß Tante Ngoné nicht immer im Frieden einer glücklichen Ehe hatte leben können. Oussèye Diop hatte keinen einfachen Charakter, er war starrsinnig und wollte alleine über alles herrschen. Auch wenn sich seine Frau noch so sehr in Selbstverleugnung übte, sie war ihm nie unterwürfig genug.

Da war ein Erlebnis gewesen, das Bakar besonders beeindruckt hatte. Damals handelte seine Mutter noch nicht mit Fischen. Sie holte jede Woche bei zwei oder drei Familien die Wäsche und wusch, stärkte und bügelte sie zu Hause. Es gab wohl keine andere Frau, die die Kunst des Bügelns besser beherrschte als sie, und ein Boubou, der durch ihre Hände gegangen war, war hinterher steif wie ein Brett und glänzte wie die Mittagssonne.

An diesem Tag stand seine Mutter am anderen Ende des Hofes im Schatten eines Mangobaumes und bügelte. Es war früher Nachmittag, kurz nach dem Essen. Die anderen Mieter unterhielten sich oder gingen im Hof ihren Beschäftigungen nach. Yama hielt das Kohlebecken in Gang, auf dem die Bügeleisen standen; von Zeit zu Zeit sah man Funken aufsteigen. Vater Oussèye kam ganz plötzlich aus der Baracke und schrie: »Ngoné, warum stellst du dich taub, wenn ich dich rufe?«

»Ich hatte nicht gehört, daß du mich gerufen hast«, antwortete sie. Sie stellte schnell das Eisen ab, das sie in der Hand gehabt hatte, und lief zu ihrem Gatten. Im Laufen noch wischte sie sich mit dem Ärmel ihrer Bluse den Schweiß aus dem Gesicht.

»Mußt du jetzt wegen der verdammten Wäsche meine Kleider vernachlässigen! Was ist mit meinem *Sabador*, den ich am Kleiderhaken aufgehängt hatte? Du hast dich nicht einmal darum gekümmert, herauszufinden, ob er schmutzig ist oder nicht, denn er hängt immer noch dort!«

»Ich habe nur gedacht, daß du ihn nicht dringend brauchst, weil du ihn doch erst heute morgen ausgezogen hast. Morgen bin ich mit dieser Wäsche fertig« – sie wies dorthin, wo ihre Bügelsachen standen – »und dann kümmere ich mich um die Wäsche hier im Hause.«

Alle schauten nun zu ihnen herüber, und diejenigen Mieter, die noch nicht im Hof waren, kamen aus ihren Baracken heraus.

»Du weißt auf alles eine Antwort! Du bist eine schlechte Frau!« Und mit einer Wut, deren Anblick alle Anwesenden lähmte, ging Oussèye zu dem Tisch, auf dem sie gebügelt hatte, und warf ihn um. Dann trat er mit dem Fuß gegen die Wanne, in der die Wäsche in der Stärkelösung lag, und man sah die schneeweißen Boubous, die so zusammengedreht waren, daß sie wie kleine Kalebassen aussahen, auf dem schwarzen Sand des Hofes herumrollen wie viele kleine Bälle.

Tante Ngoné lief los, um ihrem Mann zuvorzukommen, oder vielleicht auch nur, um den Schaden in Grenzen zu halten, denn das Unglück war schon geschehen. Sie erhielt eine schallende Ohrfeige, die sie zu Boden warf. Die Nachbarn kamen herbeigelaufen. Sie trösteten sie und forderten Ousseye auf, sich zu beherrschen.

Bakar hatte stumm zugesehen. Plötzlich liefen ihm Tränen übers Gesicht. Er sollte diesen Tag nie vergessen. Er konnte sich erinnern, daß er gesehen hatte, wie seine Mutter am nächsten Tag und auch noch an vielen folgenden wie gewohnt nach dem Morgengebet vor seinem Vater niederkniete, um ihren Herrn und Meister zu grüßen. Der aber hatte sich nicht einmal dazu herabgelassen, ihr zu antworten, was Tante Ngoné nicht davon abhielt, die Geste Tag für Tag zu wiederholen.

»Ich könnte ein bißchen in Colobane spazierengehen!«

Um die zarten Erinnerungen an seine Kindheit aufzufrischen, wanderte er durch die Gassen, die Schauplätze seiner Streiche gewesen waren. Er erkannte sie kaum wieder! Colobane hatte sich seither beträchtlich verändert! Weniger hinsichtlich der Architektur, als hinsichtlich der Atmosphäre. Noch mehr Baracken, noch mehr Leben. Wie belebt alles geworden war! Und es gab bedeutend mehr finstere Ecken als früher. Man lebte dort auf eine freiere, nonkonformistische Weise.

Die Nacht war schwarz, aber in den Herzen all jener geheimnisvollen und beunruhigenden Lebewesen brach Abend für Abend die Lebensfreude aus, zu einer Zeit, zu der andere in Morpheus' Arme sanken.

Bakar war sehr beeindruckt. Bars und Läden aller Art waren zahlreich geworden, während man sie früher an den Fingern hatte abzählen können; die »geschlossenen« Häuser, die von einer großen und eifrigen Kundschaft frequentiert wurden, beherbergten kühne Bacchantinnen. Es war einfach ein anderes Leben! Ein Land der Freiheit, der Wollust und der Ausschweifung. Colobane war ein Schlag ins Gesicht der Moral, der Prinzipien und der Traditionen.

In diesem *Maquis*, diesem Dickicht, trafen sich die Arbeitslosen, die Adepten der Sinneslust und die Liebhaber der Maßlosigkeit und gaben sich schamlos ihren Leidenschaften hin. Dort lebten aber auch die Saisonarbeiterinnen, die fern der Stille der Dörfer und der Autorität der Patriarchen dem hektischen Rhythmus der Städte ausgeliefert waren. Müde von der harten, oft allzu harten täglichen Arbeit kehrten sie in die Baracken zurück, in denen jeweils zehn und mehr von ihnen wohnten und in denen sie tun und lassen konnten, was sie wollten. Hier fanden nachts unvergeßliche Orgien statt. Hier huldigten ehrbare Bürger, scheinbar achtbare Familienväter, die in Wirklichkeit vom Laster verdorben waren, den Reizen der Mädchen; hier nämlich waren sie vor indiskreten Blicken und Kommentaren sicher.

Eine seltsame Welt, die Bakar in Erstaunen versetzte, ihn bei seinem ersten Besuch sogar abstieß. Dennoch kam er jedesmal wieder, wenn er sich niedergeschlagen fühlte, um diese Welt zu beobachten, die so wenig mit seiner gewohnten Umgebung zu tun hatte.

Mit der Zeit siegte die Faszination; er war wie verzaubert von der unübersehbaren Lebensfreude all dieser Menschen, die sich anscheinend von keinerlei Sorgen bedrücken ließen.

Er gab seiner Neugier nach und suchte nach dem Haus, in dem er seine Kindheit verbracht hatte. Es war nicht einfach, doch schließlich fand er es. Er stand etwa einen Meter vor dem Tor und versuchte hineinzuschauen, als plötzlich eine junge Frau vor ihm stand. Sie war sehr groß, alles andere als dünn und ziemlich dunkelhäutig. Sie trug einen Pagne aus bunt bedruckter Baumwolle und ein durchsichtiges Oberteil, unter dem ihr Büstenhalter erkennbar war. Unbefangen näherte sie sich Bakar und streckte ihm die Hand entgegen.

»*Baay*, suchst du jemanden?«

Bakar fiel ihre Natürlichkeit auf. Er bemerkte andererseits auch sehr schnell, wie auffällig sie geschminkt war. Die ungeheure Menge an Puder, die sie auf ihrem Gesicht aufgetragen hatte, ihre übertrieben ummalten Augen, der starke Geruch eines billigen Parfums, der schon bei der ersten Begegnung vom Geruchssinn empfunden wurde wie ein Peitschenschlag – all das erinnerte mehr an Zirkus als an Laster.

»Nein«, antwortete Bakar ruhig, »ich suche niemanden. Ich bin nur hergekommen, weil ich meine gesamte Kindheit in diesem Haus verbracht habe ... Ich wollte es bloß wiedersehen ...«

»Ah, wenn du in diesem Haus gewohnt hast, dann tritt ein!«

»Oh!«

»Aber ja, komm rein, du bist auf jeden Fall willkommen.«

Die junge Frau packte ihn und zog ihn hinein. Es gab fast keinen Hof mehr, keine Zwischenräume, es waren einige Baracken hinzugekommen. Bakar wurde in eine von ihnen geführt, und die junge Frau lud ihn ein, sich auf ein Bett aus roh behauenem Holz zu setzen, auf dem ein Strohsack lag. Drei weitere Betten gleicher Machart stellten das Mobiliar der Baracke dar, die voller Besucher war. Niemand achtete auf die junge Frau oder ihren Gast. Von allen Seiten hörte man Unterhaltungen und Lachen. Ein Kohlestövchen verbreitete feine Weihrauchschwaden. Bakar fühlte sich nicht wohl in seiner Haut und wußte weder, was er sagen, noch, was er tun sollte; die junge Frau begann die Konversation: »Wie heißt du, mein Bruder?«

»Bakar Diop. Und du?«

»Hélène Ndiaye. Was hast du nur für einen häßlichen Namen!« fügte sie lächelnd hinzu. »Du bist ja mein *Surga.*«

»Sag das nicht. Du müßtest doch wissen, daß die Diop die Herren der Ndiaye sind!«

Bakar sah sich in der Baracke um. Sie war sehr sauber und wurde von einer Petroleumlampe erhellt. Die Betten waren mit bunten Stoffen bedeckt. An den Wänden waren Fotografien von Filmstars und Covergirls befestigt, die man aus Zeitschriften ausgeschnitten hatte.

5.

Es war an einem unfreundlichen Nachmittag im Februar. Die Luft war kühl, die Sonne schien zu schmollen und hielt sich hinter einem schweren, grauen Wolkenmantel verborgen; die Straßen sehnten sich nach dem bunten Treiben der sonnigen Tage.

Im Hause von Amar Ndiaye aber herrschte eine festliche Stimmung, denn Yama war dabei, ihre *Tour* zu organisieren. Man sprach bereits seit einem Monat in allen Häusern Ndakaarous darüber, denn die Empfänge von Yama und ihren Freundinnen besaßen mittlerweile einen Ruf, der sogar über die Grenzen der Stadt hinausreichte. Tatsächlich übertraf jedes Fest alle anderen, die ihm in der Chronik dieser Ereignisse vorausgegangen waren, bis es seinerseits von einem weiteren außerordentlichen Ereignis in den Hintergrund gedrängt wurde.

Dieses Mal war also Yama an der Reihe, die Freundinnen zu empfangen. Zwei ganze Tage lang hatte man sich nur mit kulinarischen Aktivitäten befaßt. Am Vortag waren Kuchen aller Art gebacken worden, die leckersten Sorten, dazu Nußkonfekt, zu Palästen geformt, und große Korbflaschen voller Ingwerlimonade. Und am Samstag, dem Tag des Empfangs, wurden fünfzig Hühner und an die fünfzehn Schafe geschlachtet, ausgenommen, mariniert und gebraten. Dazu gewaltige Mengen von Salaten, Kartoffeln, Gewürzen und anderen Zutaten aller Art. Fruchtsäfte und Limonaden flossen in Strömen, ausladende Schüsseln waren mit *Caakri* gefüllt, deren einziger Zweck es war, den Eingeladenen auf der Zunge zu zergehen.

Bakar entschloß sich, zur Tour zu gehen. Von weitem sah er schon die Trommler, die vor der Villa spielten, und die Tänzerinnen tanzten bereits graziös. Im Inneren empfingen ihn die getragenen Klänge der religiösen Gesänge, die von den *Tabalas* unterstützt wurden. Frauen saßen auf Matten, sangen im Chor, schnippten mit den Fingern und wiegten sich im Rhythmus der Musik.

Alle Diriyanké und alle Adjas der Stadt waren da. Sie bildeten eine Art Vereinigung, von der Yama so etwas wie die Präsidentin war; dies verdankte sie ihrer Bekanntheit, ihrem Organisationstalent und dem Umstand, daß sie eine der ersten gewesen war, die die Wallfahrt mehrmals gemacht hatte. Sie alle rivalisierten miteinander um Eleganz; ihre Kleider waren nicht nur aufwendig, sondern man sah auch, daß Schnitt, Farbe und Zusammenstellung die Frucht raffinierter Schneiderkunst waren. Alles war üppig, und manch lächelnder Mund gab den Blicken Goldzähne in den unterschiedlichsten Anordnungen preis.

In einem großen Raum, der sich an den Salon anschloß und im marokkanischen Stil eingerichtet war, empfing Amar Ndiaye seine Freunde. Die einen hatten sich auf weichen Polstern ausgestreckt, die anderen saßen auf den persischen Teppichen, die den Boden bedeckten; man spielte Karten und unterhielt sich.

Bakar fand es selbstverständlich, dorthin zu gehen, wo die Männer waren. Der Kontakt beschränkte sich allerdings auf die üblichen Grußformeln, denn Bakar fühlte sich als Fremder in diesem Universum von Müßiggängern, die über Banalitäten redeten, aus vollem Halse lachten und denen im Grunde alles egal war.

Yama führte die Aufsicht. Für die Bedienung waren die Góor-jigéen zuständig sowie ihre *Neeno*, aber sie überwachte alles. Sie war relativ einfach gekleidet: Sie trug einen großen Boubou aus malvenfarbenen Organdy über schwarzen Unterkleidern sowie einen Pagne, der aus gewebten lilafarbenen und schwarzen Bändern zusammengenäht war. Auf dem Kopf hatte sie ein lässig geknotetes Tuch, an den Ohren goldenen Schmuck, am rechten Handgelenk ein schweres Armband und am linken Handgelenk eine sehr kleine Uhr. Sie hatte beträchtlich zugenommen, aber das machte ihre Schönheit nur strahlender, auch wenn ihr Gang durch das Gewicht, das sie an ihrer Rückseite mit sich herumschleppte, schwerfälliger geworden war.

Es wurde Zeit für den *Méchoui*. Das Fleisch war in Stücke geschnitten worden, die auf großen flachen Tellern lagen. Yama betrat das Zimmer, in dem sich die Männer befanden, um dort die Tischdecken auslegen zu lassen. Als sie ihren Bruder sah, der in einer Ecke auf einem großen Kissen saß, war es ihr, als stieße man ihr ein Messer in die Brust. Sie warf ihm einen vernichtenden Blick zu und vermied es, auf seine Begrüßung zu antworten.

»Yama, Diop.«

Ihr gefror das Blut. Sie zitterte beinahe, als sie sagte: »Bakar, geh ins Kinderzimmer!«

Der Angeredete glaubte, sie falsch verstanden zu haben, und sah sie fragend an.

»Ich spreche mit dir. Ich sage dir, daß du ins Kinderzimmer gehen sollst.«

Yama schwitzte seltsamerweise immer, wenn sie wütend war, selbst bei sehr kaltem Wetter. Das geschah jetzt auch, und man sah, daß auf ihrem Gesicht große Tropfen erschienen, die von den Schläfen zu ihrem Hals herunterrannen.

Die Anwesenden waren verstummt. Bakar steckte eine Hand in die Hosentasche. Seine Hände zitterten. Ihm gegenüber stand Yama zu ihrer vollen Größe aufgerichtet und ließ ihn nicht aus den Augen, die linke Hand in die Hüfte gestützt. Er führte eine Zigarette zum Mund, zündete sie an, stand auf und ging hinaus.

Draußen donnerte die rauhe Stimme der Tabalas, die anderen Trommeln erklangen hell. Bigué hatte vom Salon aus alles mitangesehen. Sie ging ihm nach und hatte Mühe, ihn inmitten der dichten Menge einzuholen.

»Bakar! Bakar!«

Nervös atmete er den Rauch in großen Wolken aus. Er hatte die Hände in den Taschen, den Kopf hielt er gesenkt.

»Bakar, ich bin es! Ich, Bigué!«

Jetzt rannte sie beinahe. Er hörte nichts. Sie erreichte ihn erst an der Straßenecke und hielt ihn am Arm fest. Sie sahen sich an, Bigués Stimme zitterte vor Mitleid.

»Weißt du, Bakar ... Yama ... Sie ist verrückt. Man darf auf das, was sie tut, nichts geben ...«

»Yama ist verrückt! Das ist das richtige Wort! Nein, sag lieber, daß sie eine dreckige Opportunistin ist, ein verdammter wandelnder Komplex. Sie schämt sich meinetwegen und hält mich für unwürdig, der Bande ihres Mannes unter die Augen zu treten, eine Bande, die nur aus Tagedieben besteht! Ich bin ein Eindringling, weil ich nichts habe!«

Bigué war verblüfft. Das war das erste Mal, daß sie bei ihrem Bruder einen derartigen Ausbruch erlebte. Bakar war bereits weitergegangen, sie sah ihm schweigend nach, bis sie ihn aus den Augen verlor, dann drehte sie um. Der kalte Wind ließ sie bis ins Mark erschauern. Die Trommeln klangen, die Tabalas dröhnten.

Von der Bank aus, auf der er saß, betrachtete Bakar die Wellen, die träge auf den goldenen Sand rollten, um dort zu sterben. Nicht die kleinste Brise, die sie zum Leben erweckt hätte. In der Ferne schien das Meer in seinem leuchtenden Azurblau erstarrt zu sein, beherrscht von den *Mamelles* in ihrer strengen Anmut, ihrer erhabenen Gleichgültigkeit.

Bakar war so in Gedanken versunken, daß er Sada nicht kommen sah. Er wartete jeden Tag auf der gleichen Bank auf ihn, gegenüber der Schule, in der Sada schon so lange unterrichtete. Sie unterhielten sich eine gute halbe Stunde lang. Bei dieser Gelegenheit konnte Sada sich etwas ausruhen, nachdem er wieder einen Nachmittag damit verbracht hatte, vielen kleinen Köpfen, von denen einige willig, andere aber widerspenstig waren, das Wissen einzutrichtern.

»Mbër, da bist du ja!«

Sada hatte sich schon hingesetzt und eine schwere braune Aktentasche neben sich abgestellt.

»Ah, du bist rausgekommen. Die Stunde ist heute aber schnell vergangen.«

»Weißt du, heute habe ich eine große Überraschung erlebt. Wenn man immer glaubt, die Kinder würden nicht nachdenken, irrt man sich gewaltig, denn sie sind gar nicht so dumm.«

»Die Kinder sind heute wesentlich weiter, als wir in ihrem Alter waren«, antwortete Bakar.

»Stell dir vor, sie sollten in einem Aufsatz schreiben, was sie später werden wollen. Sie haben an alle Berufe gedacht, sogar an den des Mannequins, und es gab tatsächlich einige, die gemeint haben, sie würden keinen Beruf ausüben wollen, wenn sie die Möglichkeit hätten, Geld zu haben, ohne arbeiten zu müssen. Aber keiner hat geschrieben, daß er Lehrer werden will.«

»Ach!«

»Ja, das hat mich auch ziemlich erstaunt. Deshalb habe ich sie gefragt, warum.«

»Und was haben sie dir geantwortet?«

»Es hat nur einer die Hand gehoben. Ein kleiner Kerl von zwölf Jahren, Madaw Faye. Er sagte: ›Monsieur, ich würde den Beruf des Lehrers nicht wählen.‹

Ich habe gefragt: Warum? Nenne mir bitte ehrlich deine Gründe. ›Ich würde nicht Lehrer werden wollen, weil ich sehe, wie Sie jeden Tag die gleichen Dinge wiederholen und wir sie wieder vergessen. Sie sagen die ganze Zeit, wir sollen ruhig sein, und wir fangen sofort, nachdem Sie es gesagt haben, wieder an zu sprechen. Sie schlagen uns manchmal, aber es nützt nichts, denn sobald Sie aufgehört haben, lachen wir darüber. Ihre Strafen machen uns keine Angst, und wenn Sie uns Aufgaben geben, dann haben wir endlich Gelegenheit, über Sie zu schimpfen.‹ Gut, habe ich zu ihm gesagt. Setz dich wieder hin. Ihr anderen, denkt ihr auch so wie Madaw Faye? ›O ja, M'sieur‹, haben sie im Chor geantwortet. Und weil ich ihnen weder sagen konnte, daß sie recht, noch, daß sie unrecht haben, habe ich mich darauf beschränkt, ihnen zu erklären, daß sie die Sache so sehen, weil sie noch jung sind, und daß man einen Beruf aus Neigung auswählt, aber nicht, weil man hofft, damit ständig nur glücklich zu sein.«

»Die Welt steht heutzutage Kopf«, erwiderte Bakar.«

»Ja, das kann man wohl sagen. Wenn ich so zu einem meiner Lehrer gesprochen hätte! Sie gaben uns ja nicht einmal Gelegenheit, unsere Gedanken zu äußern. Im Grunde genommen ist es nicht verkehrt, sie sagen zu lassen, was sie denken . . . «

»Sie steht nicht nur Kopf, sie ist verfault, und deswegen habe ich dieses Leben satt, so unendlich satt.«

Sada sah Bakar etwas genauer an. Er merkte, daß sie über verschiedene Dinge sprachen. Sein Freund mußte müde sein oder aber irgendein Problem haben, das ihn bedrückte.

»Sada, ich wollte gestern mit dir sprechen, aber gestern waren zu viele Leute bei dir. Ich habe mir gesagt, daß ich besser bis heute warten sollte.«

Eine Pause entstand. Sada wartete.

»Weißt du, der schwerste Schlag, den ich in meinem Leben je einstecken mußte, den hat mir Yama vorgestern versetzt. Sie hat mich gewissermaßen aus ihrem Haus geworfen; sie hat mich auf die schmachvollste, gemeinste Weise erniedrigt.«

»Bakar, Frauen sind launisch. Man sollte dem, was sie tun, nicht immer Bedeutung beimessen, denn sie tun es manchmal aus Leichtfertigkeit.«

»Yama hat das, was sie getan hat, wohl überlegt. Ich verstehe nun, warum sie in den fünf Jahren, während der ich im Gefängnis saß, kein einziges Mal gekommen ist, um mich zu besuchen. Von dem Moment an war ich für sie nur noch ein Schandfleck, eine Bedrohung für ihren Erfolg.«

»Sie hat dich nie besucht?« fragte Sada erstaunt.

»Nein, denn ich stellte nichts mehr dar, ich hatte nichts mehr. Aber als ich noch in der Lage dazu war, habe ich ihr gegenüber immer meine Pflicht erfüllt. Ich habe nie gesagt, daß sie alles hat, was sie braucht, und an jedem Monatsende habe ich ihr eine hübsche runde Summe überreicht. Damals hat sie mich nicht verachtet. Wenn sie mich zwei Tage nicht gesehen hatte, schickte sie jemanden, der fragte, wie es mir ginge.«

»Bakar, man muß im Leben dem Gebot der Vernunft folgen. Du kannst das, was ist, nicht mehr ändern. Anstatt dich selbst immer wieder zu verletzen, indem du an all das denkst, vergiß es lieber, das ist alles.«

»Wenn ich aber daran denke, daß es meine eigene Schwester ist, die mich so behandelt . . . Eine Frau, die aus dem gleichen Schoß geboren wurde wie ich! Was für ein dreckiges Leben, wo materielle Interessen die Menschen dazu treiben, die niedrigsten Handlungen zu begehen!«

Sada begriff, daß ihm sein Freund sein Herz ausschütten mußte. Er ließ ihn weiterreden.

»Das wird ihm gut tun«, dachte er. »Er, der sonst nie etwas sagt! Wenn er heute seine Wut herausschreit, dann doch nur deswegen, weil er seine Empörung nicht mehr schweigend ertragen kann.«

»Verachtet, schlecht behandelt, verbannt, weil ich in einen Abgrund gestürzt bin, auf den sie mich zugetrieben haben! Aber ich werde mich rächen!«

»Bitte, Bakar, beruhige dich. Laß uns einen Spaziergang machen und bei Printania vorbeigehen, ich habe ein paar Besorgungen zu machen.«

Negerafstal! Jetzt!

6.

Die Nacht war schwarz, und im ausgelassenen Colobane war die Hölle los. Es war die Weihnachtsnacht. In den sandigen kleinen Gassen herrschte Festtagsstimmung: Man sah unaufhörlich Gruppen von Leuten, Paare und einzelne vorbeigehen, die auf der Suche nach Freude und Glück waren. An jeder Straßenecke dröhnte Musik, die marktschreierisch zum Tanz einlud.

Um sich vor der Kälte zu schützen, trug Bakar einen seiner Anzüge, die lange Zeit auf dem Grund seines Koffers geruht hatten. Als er ihn herausnahm, drängte sich ihm eine bittere Erinnerung auf: Es war der gleiche Anzug, den er zu seiner Hochzeit angehabt hatte. Er dachte einen Moment an Mame Aïssa, an seine arme kleine Bigué, an seine Illusionen, an sein verlorenes Glück; dann verscheuchte er diese Gedanken an die Vergangenheit, die sich seiner wieder bemächtigen wollten.

Er durcheilte die Gassen von Colobane in seinem grauschwarzen Anzug, der ihn in der Dunkelheit fast unsichtbar zu machen schien. Er zögerte, bevor er bei Hélène eintrat. Eine Gruppe junger Mädchen stand im Hof herum.

»Guten Abend.«

»Guten Abend.«

»Wohnt Hélène immer noch hier?«

»Hélène, welche Hélène?« fragte ihn eines der jungen Mädchen.

»Hélène Ndiaye.«

Die jungen Mädchen schienen mißtrauisch zu werden. Sie hatten Bakars Gesicht noch nie gesehen. In diesem Milieu war Vorsicht immer höchstes Gebot. Nicht selten wurde die wohlverdiente Ruhe der Saisonarbeiterinnen von einem angeblichen Arbeitgeber gestört, dessen Angebote nur die leichtsinnigsten und geldgierigsten unter ihnen interessiert hätten. Oft mußte man auch mitansehen, wie der »Salatkorb« der Polizei alle Bewohnerinnen eines Hauses mitnahm. Deshalb herrschte in Colobane das Gesetz des Schweigens.

»Hélène Ndiaye?« fragte das junge Mädchen noch einmal und unterzog dabei das Gesicht ihres Gegenübers einer genauen Prüfung – soweit das in der nächtlichen Dunkelheit möglich war.

»Ja. Ein großes junges Mädchen, dunkelhäutig, mit einer tätowierten Unterlippe und einer Narbe an der rechten Schläfe.«

»Ich weiß nicht ... Und was willst du von ihr?«

»Eigentlich nichts. Es ist nur, weil ich sie kenne. Ich hatte sie hier einmal besucht, das ist schon mehr als ein Jahr her, und ich hatte ihr versprochen, wiederzukommen.«

Bakar beobachtete, wie sich die Mädchen schweigend ansahen. Die, mit der er gesprochen hatte, schien nachzudenken; dann sagte sie ihm: »Such sie in den anderen Häusern. Die, die du suchst, wohnt nicht hier.«

Bakar zögerte ein bißchen. Er war sich doch sicher gewesen, daß dieses hier das Haus der freundlichen Hélène war; angesichts der Bestimmtheit des jungen Mädchens sagte er sich aber, daß Hélène umgezogen sein mußte.

Er besuchte weitere Häuser, aber ohne Erfolg. Überall stieß er auf die gleiche Heimlichtuerei, und er wollte bereits schweren Herzens die Suche aufgeben, als er auf der Schwelle eines Hauses einen jungen Mann von etwa zwanzig Jahren traf.

»Bruder, wen suchst du?«

Er trat sehr lässig auf. Bakar registrierte den offenen Regenmantel, das engtaillierte Hemd, den mexikanischen Hut und die schwarze Sonnenbrille.

»Ich suche jemanden – sie heißt Hélène Ndiaye.«

»Bist du sicher, daß sie in diesem Viertel wohnt?«

»Ja ... Zumindest hat sie hier gewohnt, denn ich habe sie schon mal besucht.«

Bakar merkte, daß seine Atmung unregelmäßig geworden war. Er wartete ungeduldig auf die Reaktionen des jungen Mannes. Er spielte hier seine letzte Karte aus; plötzlich war ihm klar geworden, daß er Hélène um jeden Preis finden mußte. Dieses Bedürfnis hatte sich ihm ganz unvermittelt aufgedrängt, ohne daß er gemerkt hatte, wie es entstanden war. Das Bild der lächelnden, sanften, einfachen, natürlichen Hélène war da und ließ ihn nicht mehr los. Je mehr Zeit verstrich, desto größer schien es zu werden.

»Weißt du, aus welchem Dorf sie kommt?«

»Nein, keine Ahnung. Das einzige, was ich über sie weiß, ist, daß sie schwarz ist und sehr groß, daß ihre Lippe tätowiert ist und daß sie auf der rechten Schläfe eine Narbe hat.«

»Hat sie bei Ihnen gearbeitet?«

Seine Geduld war an ihre Grenzen gelangt, und Bakar hätte die Litanei am liebsten noch einmal hinausgeschrien: »Schwarz! Groß! Tätowierte Lippe! Narbe an der rechten Schläfe!« Er bekam Lust, den Steckbrief von Hélène durch ganz Colobane zu brüllen, damit alle erfuhren, daß er sie gut kannte und keine bösen Absichten hatte.

»Aber nein! Sie hat nicht bei mir gearbeitet! Sie ist eine Freundin! Ich habe Ihnen doch gesagt, daß ich sie hier in Colobane schon besucht habe.«

Der junge Mann mit dem mexikanischen Hut sah Bakar prüfend ins Gesicht und ließ sich dafür Zeit. Schließlich schien er nicht mehr an seiner Ehrlichkeit zu zweifeln.

»Wer hier Unruhe hineinbringen will, macht es nicht unbedingt in der Weihnachtsnacht«, dachte er. »Die haben dann Besseres vor. Außerdem sieht der hier nicht so aus ...«

»Weißt du, Bruder, man muß immer etwas vorsichtig sein. Es gibt zu viele Leute, die hierher kommen, um Ärger zu machen. Wenn Hélène eine Freundin von dir ist, dann kann ich dich zu ihr bringen.«

Bakar war viel zu glücklich, um etwas zu sagen. Er folgte dem jungen Mann, dessen Art zu sprechen ihm gefiel und der offenbar relativ gebildet war. Sie machten sich unterwegs besser miteinander bekannt, und er erfuhr, daß er in einer Bekleidungsfabrik arbeitete, am Lycée Delafosse Abendkurse besuchte und davon träumte, nach Frankreich gehen zu können, um dort seine Ausbildung fortzusetzen.

Hélène war nicht umgezogen. Bakar fand sie in dem gleichen Zimmer wieder und auf dem gleichen Bett, wo er sie damals angetroffen hatte.

»Ich glaubte schon, du würdest nie wiederkommen. Ich habe so lange auf dich gewartet!«

»O doch! Hatte ich es dir nicht versprochen?«

In dieser Nacht tanzten Bakar und Hélène bis zum Morgengrauen in einer Diskothek in Fass – den *Trois Cocotiers* – im gedämpften Schein roter Lampen.

Zu Beginn fiel es Bakar schwer, sich all diesen Leuten anzupassen, die sich der hitzigen afro-kubanischen Musik hingaben, aber er gewöhnte sich schnell daran und stellte mit Vergnügen fest, daß er, obwohl schon über vierzig, noch kein tattriger Greis war. Als er Hélène nach Hause begleitete, merkte er nicht, wie lang die Strecke war, die sie zu Fuß zurücklegen mußten, und auch nicht den kalten Wind, der ihm ins Gesicht blies, so berauscht war er.

Mit der Zeit wurde es zu einem Ritual, das sie während der langen Werktage herbeisehnten, ein Ritual, das sie jeden Samstag zelebrierten. Bakar war es inzwischen, als lebte er nur noch in diesem Universum, wo er einen ganzen Abend lang, der ihm dennoch kurz erschien, das Gefühl hatte, von allen Gedanken und

Zwängen befreit zu sein – dort, in jener Diskothek, in der er sich wie sein eigener Herr fühlte. Oder aber in obskuren Kneipen, wenn das Taschengeld, das ihm Bigué und Sada zusteckten, nicht mehr reichte, um sich ein anständiges Lokal zu leisten. Seine Lebenslust, die zu verlöschen gedroht hatte, war wieder aufgeflammt, und Bakar war dafür nicht nur Hélène dankbar, sondern all diesen Menschen, die ihm vertraut geworden waren, die ihm beigebracht hatten, daß sogar Armut einen nicht daran hindern kann, kleine Momente des Glücks zu erleben: Jeden Samstag empfand er in ihrer Mitte jene Lebensfreude, die er verloren geglaubt hatte. Er hatte Umgang mit den Jüngern des Bacchus und den Besuchern schlecht beleumundeter Häuser, ohne sich darüber zu empören. Es waren auch beinahe wohlwollende Blicke, mit denen er die jungen, kaum der Kindheit entwachsenen Mädchen bedachte und die reifen Frauen, die sich allesamt einem liederlichen Leben hingaben.

Eines Abends geschah etwas nicht wieder Gutzumachendes. Starke Windstöße fegten über die Hausdächer hinweg. Ein heftiger, schwerer Regen ergoß sich über die Erde, die sich trotz der vergangenen neun Monate Durst schon sattgetrunken hatte. Der Donner grollte mit wilder Gewalt, und man hatte bei jedem Blitz das Gefühl, er habe einen nur ganz knapp verfehlt.

Tante Ngoné hatte sich in ihrem Bett verkrochen, aber sie schlief nicht. Es war ihr, als hörte sie es an der Haustür klopfen; sie wartete, um sicher zu sein. Sie dachte, es konnte ja auch ein Geräusch sein, das der Wind verursachte, so wie er Türen zuschlug. Aber das Klopfen wurde stärker und heftiger. Wer konnte es um diese Zeit bloß sein? Nur Bakar kam am Samstag spät heim, und er hatte einen Schlüssel.

Vater Oussèye lag auf dem anderen Bett und schnarchte.

»Oussèye, Oussèye!«

»Mhm?«

»Ich glaube, da klopft einer schon eine ganze Weile an der Tür.«

»Wer klopft um diese Zeit?«

Wie entsetzt war Tante Ngoné, als sie die Tür geöffnet hatten! Bakar lag regungslos auf der Schwelle. Einen Augenblick lang befürchtete seine Mutter das Schlimmste. Sie glaubte, ihren Sohn verloren zu haben, und konnte nicht verhindern, daß ihr ein Schrei der Verzweiflung entfuhr, der alle Mieter aufweckte.

»O Gott, mein Sohn ist tot!«

»Aber nein, er ist nicht tot«, antwortete der Mann, der Bakar gebracht hatte, zweifellos einer von diesen Menschen guten Willens, die jederzeit bereit sind, ihrem Nächsten zu helfen. Er zog Bakar mit großer Mühe hoch, stützte ihn und schleppte ihn ins Haus. Man mußte sich mit den Tatsachen abfinden: Er stank furchtbar nach Wein. Bakar hatte getrunken! Bakar war betrunken! Hélène stand auf der Schwelle und traute sich nicht hinein.

Eine schreckliche Beklemmung ergriff von Tante Ngoné Besitz. Sie wäre in diesem Moment lieber tot gewesen. Sie konnte der Erniedrigung ihres Sohnes nur ohnmächtig zusehen. Ohne es zu wollen, hatte sie auch noch die Aufmerksamkeit aller auf ihn gelenkt, in dieser schwarzen Nacht, in der man den Nachbarn doch jeden Skandal hätte verheimlichen können.

Vater Oussèye begann, ihn zu beschimpfen. Der Regen stürzte nieder, der Donner grollte, und alle waren naß bis auf die Knochen.

»*Kasara!* Schlechter Sohn! Schlechter Kerl! Er soll dahin gehen, wohin er will, denn er ist verflucht, aber in dieses Haus kommt er nicht!«

Die Nachbarn kamen herbei und wollten ihn davon überzeugen, daß alles eine Fügung des Schicksals sei. Tante Ngoné hatte den Kopf gesenkt. Nur mit ungeheurer Anstrengung konnte sie sich dazu überwinden, den anderen Arm ihres Sohnes zu nehmen und dem Mann, der ihn stützte, zu helfen, ihn in sein Zimmer zu bringen. Bakar lief Speichel aus dem Mund, seine Unterlippe hing schlaff herunter, seine Augen waren halb geschlossen.

»Ich wußte, daß das passieren würde«, fuhr Vater Oussèye fort. »Nachts aus dem Haus gehen, wenn alle schlafen, herumvagabundieren, mit schlechten Frauen zusammensein, man sieht ja, wohin das führt!«

Hélène stand immer noch unbeweglich da, scheu wie ein kleiner Vogel.

»Und du! Mach, daß du hier rauskommst«, schrie Vater Oussèye sie an. »Wenn jemand auf dich aufpassen würde, wärest du um diese Zeit nicht hier!«

Hélène erwiderte nichts auf die Haßtiraden des alten Mannes. Als er geendet hatte, drehte sie sich um und verschwand.

Am nächsten Tag schämte sich Bakar, seiner Mutter unter die Augen zu treten. Diese fühlte sich in ihren mütterlichen Gefühlen erschüttert; gleichzeitig empfand sie einen dumpfen Groll gegen diesen Sohn, der ihr ihre große Liebe für ihn nur mit Schmerz und Schande vergalt.

Ohne Vater Oussèye oder sonst irgend jemand etwas davon zu sagen, bat sie Sada und Bigué zu kommen, denn sie wußte, daß es die einzigen Menschen waren, denen Bakar vertraute. Eine peinliche Gegenüberstellung, bei der weder Sada noch Bigué irgend etwas aus Bakar herausbekommen konnten. Während man ihm Ratschläge gab, während man ihn anflehte, so etwas nie wieder zu tun, und ihm die Gefahren des Alkohols vor Augen hielt, beschränkte Bakar sich darauf, schamhaft den Kopf zu senken und eine Zigarette nach der anderen zu rauchen. Kein Wort der Reue, keine Erklärung, keine Versprechungen.

Die Zeit verging, doch Bakar kam von seinem Laster nicht los. Er trank, um gegen die Langeweile anzukämpfen, um die Angst und die Arbeitslosigkeit zu vergessen, die ihn in den Momenten der Nüchternheit quälten, um sich über die Verachtung einer Welt hinwegzusetzen, die dumm, heuchlerisch und gierig war.

Er wurde rasch zu einem Schatten seiner selbst. Mit fünfundvierzig Jahren war er gebeugt wie ein Greis.

Seine Wangen waren hohl, seine Augen hatten ihre frühere Klarheit verloren, und sein Blick, der einst so gelassen gewesen war, war jetzt unruhig und trübe geworden, so wie er insgesamt von einer gereizten Bitterkeit beherrscht zu sein schien. Er hatte etwas von einem Gespenst an sich.

Jeden Abend ging er zu Hélène, wenn sie von der Arbeit nach Hause gekommen war. Eines Tages meinte er zu ihr: »Hélène, hast du dich je gefragt, warum ich dich mag?«

»Ach, ihr Männer, ihr redet ständig davon und erfindet Geschichten.«

»Hélène, versteh mich bitte. Ich liebe dich, das weißt du. Ich liebe dich nicht einfach nur so, wie man ein Mädchen eben liebt, sondern da ist noch etwas mehr: so, als ob du meine Mutter oder meine Schwester wärst.«

Hélène lachte. Für sie hatten diese Worte keinerlei Bedeutung. Psychologische Überlegungen waren ihr fremd, sie hatte sich nie gefragt, welcher Natur ihre Beziehung zu Bakar war. Er kam schon seit langem immer wieder zu ihr, ohne daß sie versucht hätte, seine Motive zu ergründen.

»Hélène, wenn ich dich bitten würde, mich zu heiraten, dann würdest du nein sagen, weil ich nicht arbeite. Und außerdem ... ich habe meine Schwächen. Wenn du mich aber heiraten würdest, dann könntest du aus mir machen, was du willst, denn ... ich liebe dich, Hélène.«

Sie senkte den Blick. Sie begann, das Unglück ihres Freundes in seinem ganzen Ausmaß zu verstehen, denn Unglück besteht darin, die eigenen Fehler, die eigenen Grenzen, das eigene Unvermögen zu kennen. Es gab nichts, was einem an diesem Bewußtsein hätte lächerlich erscheinen können, im Gegenteil, und so hatte Hélène in diesem Augenblick Mitleid mit Bakar.

»Ich würde dich natürlich nicht heiraten, aber nicht wegen deiner Schwächen, noch, weil du nicht arbeitest. Der Grund ist, daß man mich in meinem Dorf schon jemandem versprochen hat.«

»Ist es jemand, den du liebst?«

»Ich weiß nicht einmal, ob ich ihn liebe. Ich habe mich das nie gefragt. Es ist unsere Tradition; bei uns im Dorf erzählt man uns, daß die Liebe vor der Ehe keinerlei Bedeutung hat, und sogar, daß sie schnell verlöscht. Die Liebe kommt mit der ehelichen Verbindung und wächst mit ihr.«

»Eure Eltern haben sicher recht...«

»Meine Mutter hat zu mir gesagt, daß Liebe nicht nur darin besteht, daß ein Mann eine Frau trifft und umgekehrt. Liebe besteht in dem Glück, gemeinsam zu kämpfen und zu siegen, gemeinsam einen Haushalt zu haben, eine Familie entstehen zu sehen.«

»Das ist richtig. Eure Eltern sind weise Menschen...«

»Deswegen kommt es für uns gar nicht in Frage, ihre Wahl nicht anzuerkennen. Es gibt sicher viele junge Mädchen, die Widerstand leisten und sich weigern.

Das haben sie in der Stadt gelernt. Aber die meisten von ihnen laufen so in ihr Unglück.«

»Wenn du nicht meine Frau sein kannst, dann bleibe bitte meine Freundin.«

»Warum denn nicht?«

»Hélène, ich wollte dich um etwas bitten. Etwas, um das ich niemand anderen bitten kann, nicht einmal Bigué, die mir die liebste meiner Schwestern ist, und auch nicht Sada, der mein Freund ist, fast ein Teil von mir selbst.«

»Wenn du mich um etwas bittest, das ich tun kann, dann werde ich es tun.«

»Es geht um folgendes ... Ich werde mir ein Zimmer im Viertel mieten. Ich brauche dich als Strohmann. Du wirst der einzige Mensch sein, der Kontakt zu mir haben wird. Alles, um das ich dich bitte, ist dein Schweigen. Erzähle niemandem von mir. Und wenn jemand aus meiner Familie kommen sollte, um dich nach mir zu fragen, dann hast du mich nicht gesehen und weißt auch nicht, wo ich bin.«

7.

Auf dem *Sandaga*-Markt konnte sich Bakar nur mit Mühe einen Weg durch die Menge bahnen. Hier drängelten sich fliegende Händler, Kunden und Müßiggänger. Er wurde überall angesprochen, hin- und hergestoßen, angerempelt, bis er vor einem Stand stehenblieb.

»Chef, was willst du?«

»Xeesal.«

Der Händler, ein stämmiger Bursche, wühlte bereits in seiner Ware.

»Daran herrscht hier kein Mangel. Welches?«

»Was?« fragte Bakar zurück, der von der Frage des Händlers überrascht zu sein schien.

»Welche Marke willst du? Es gibt mehrere davon.«

»Ach so . . .! Die beste. Die wirksamste. Eben die, die am schnellsten wirkt . . . «

»Seife oder Creme?«

»Das ist egal. Ich will ein schnell wirkendes Bleichmittel. Das ist alles.«

»In diesem Fall muß man beide nehmen.«

»Beide gleichzeitig?«

»Ja, so machen es alle Frauen. Man muß sich mit der Seife waschen und nachts die Creme auftragen. Ist es für deine Frau?«

»Ja«, antwortete Bakar, ohne zu zögern.

»Welche Creme nimmt sie gewöhnlich?«

»Ich weiß es nicht. Es ist . . . ich bin nämlich nicht von hier. Ich komme aus Thiés, und sie hat mir nur gesagt, ich soll ihr Xeesal mitbringen.«

»Ah ha, Chef! *Lu jongoma bëgg yal nay jamm!* Hier sind ›Dorett‹, ›Venus‹, ›Satina‹ und ›Ambi‹ von der Elfenbeinküste und Nigeria. Und hier wäre Seife.«

»Welches ist das beste Mittel?«

»Die Frauen nehmen gerne ›Ambi‹. In einer Woche braucht die Dame keine Europäerin mehr zu beneiden.«

Bakar nahm die rote Packung, die ihm der Händler hinhielt, und war gerade dabei, die Aufschrift zu lesen, als ein fliegender Händler zu ihm trat.

»Chef, willst du ›Ambi‹?«

»Ja, ich bin gerade dabei, es zu kaufen.«

»Ich habe ›Ambi‹ aus Ghana. Das ist das Beste. Es ist unvergleichlich. Es wirkt so schnell wie der Blitz. Hier, schau es dir an!«

Bakar nahm die grüne Packung. Als Uneingeweihter wußte er nicht, welches Produkt besser war. Der Händler des Standes war sichtlich unzufrieden über den unerwünschten Konkurrenten, der ihm seinen Kunden abspenstig zu machen versuchte.

»*Gorgi*, so etwas macht man nicht! Du nimmst mir meinen Kunden weg.«

»*Serin bi*, mach langsam! Ich nehme dir nichts weg. Ich habe das Recht, ihm meine Ware zu zeigen.«

»Du hast ihn vor meinem Stand gefunden.«

»Nein, ich habe ihn auf dem Gehsteig gefunden. Und außerdem bekommt jeder nur das, was das

Schicksal für ihn bereithält. Wenn es geschrieben steht, daß du sein Geld erhalten wirst, dann kann es gar nicht anders geschehen. Sonst, Serin bi, mußt du auf eine andere Gelegenheit warten.«

Der Mann, der den Stand hatte, entschied sich dafür, abzuwarten; der unerschütterliche Ambulante hatte ihn lächerlich gemacht, indem er ihm vor der Traube von Schaulustigen, die sich rasch gebildet hatte, eine Lektion in Sachen Lebensweisheit erteilt hatte.

Auch Bakar war verlegen, denn er hatte seine Einkäufe so diskret wie nur möglich erledigen wollen.

»Beruhigt euch. Ich bin es, der einkauft und entscheidet. Da, halte die Schachtel, während ich mit dem da spreche, denn ich hatte mich zuerst an ihn gewandt.«

Der fliegende Händler wollte die Schachtel nicht zurücknehmen. In der linken hielt er einen schweren Sack aus schwarzem Plastik und ein Bündel mit verschiedenen Gegenständen; in der rechten hatte er ein Kaustäbchen, mit dem er seine Zähne sauber rieb.

»Sie dir diese Creme nur gut an. Es ist die beste von allen. Jeder wird dir das bestätigen.«

Bakar blieb hart. »So behalte doch deine Schachtel!«

Der Ambulante weigerte sich immer noch, die Schachtel zurückzunehmen. Der Standhändler warf ihm von Zeit zu Zeit einen haßerfüllten Blick zu.

»Also ... Wieviel?«

»Für dich tausend Francs, Chef.«

»Machst du Witze?«

»Eine hellhäutige Dame ist doch wohl tausend Francs wert. Was kannst du anlegen?«

»Aber das ist zu teuer! Bei so einem Preis kann ich nicht einmal feilschen. Hier, nimm deine Schachtel.«

»Ich sage dir, was ich mir wünsche. Du sollst sagen, was du anlegen kannst. Du wachst morgens auf und kannst gleich den allerersten Blick auf einer jungen Frau ruhen lassen, die hell wie die Morgenröte ist. Ist dir das keine tausend Francs wert? Was für eine Augenweide!«

Er lachte laut.

Bakar dachte einen Augenblick nach und sagte, um ihn loszuwerden: »Ich habe nur vierhundert Francs.«

»Vierhundert Francs! Das ist doch unmöglich!«

»Das ist alles, was ich habe. Behalte also deine Schachtel, oder soll ich sie etwa wegwerfen?«

»Mach, was du willst, Chef. Ich weiß, daß du sie nicht wegwerfen wirst, du bist zu gut erzogen, um es zu tun. Erhöhe ein bißchen deinen Preis, wir könnten uns einigen.«

»Ich habe dir doch schon gesagt, daß ich nur vierhundert Francs habe. Hier, nimm deine Schachtel!«

»Wenn es so ist, dann gib mir das Geld.«

»Noch zwei Schachteln. Hier! Nimm dein Geld.«

Um nicht undankbar zu erscheinen, nahm Bakar auch von dem ivorianischen »Ambi« sowie drei »Astral«-Seifen bei dem Händler am Stand. Er ließ alles in Zeitungspapier einwickeln. Dann kaufte er für zehn Francs eine kleine Plastiktüte, in die er das Päckchen tat, um es bequemer tragen zu können.

Im Sammeltaxi, das ihn nach Colobane brachte, dachte er nach: »Ich werde es jetzt so machen wie sie, ich werde genauso Theater spielen. Ich werde ihnen den gemeinsten Streich spielen, der je gespielt worden ist. Ein bißchen von dem Xeesal, und ich werde ein anderer sein, entfremdet, meiner Persönlichkeit beraubt, so wie sie es alle sein wollen. Jetzt ist alles genauso wie auf der Bühne, das Natürliche und die Wahrheit haben kein Bleiberecht mehr. Es gewinnt nur der, der sich am wirkungsvollsten verkleidet, der am besten heuchelt, der sich am glaubwürdigsten verstellt. Niemand ist mehr er selbst. Wenn man seine moralische Integrität bewahren will, wenn man an der Verlogenheit der Gesellschaft nicht beteiligt sein will, dann muß man dafür in Kauf nehmen, daß man zum Außenseiter wird.«

Der Lehrling, der das Fahrgeld von ihm wollte, holte ihn in die Wirklichkeit zurück.

Es wurde gerade dunkel, als Bakar eine baufällige Baracke betrat, deren ganze Einrichtung aus einer Matte bestand; Hélène hatte sie dort hingebracht. Der Fußboden war feucht, und durch die Spalte hindurch, die zwischen den Brettern der Wände klafften, hatte Bakar einen relativ unbehinderten Ausblick auf die Außenwelt. Hélène kam bald zu ihm; sie trug einen Bool mit Essen, den sie vom Haus ihrer Arbeitgeber mitgebracht hatte.

»Ist dir das Zimmer recht?«

»Perfekt.«

»Ich habe dir einen Eimer Wasser mitgebracht. Er steht dort in der Ecke.«

»Danke.«

»Ich gehe jetzt. Wenn du etwas brauchst, dann ruf mich.«

»Ja. Vergiß nicht, was ich dir gesagt hatte. Niemand darf wissen, daß ich hier bin. Erzähle deinen Freundinnen nicht von mir, denn man kann nie wissen ...«

Hélène war über die Haltung ihres Freundes ziemlich erstaunt. Sie sagte sich, daß er sicherlich etwas zu verbergen hatte, wollte ihm aber keine Fragen stellen. »Wenn er es mir sagen will, dann wird er es mir eines Tages schon sagen.«

In den frühen Morgenstunden leerte sich das Haus. Um diese Zeit konnte Bakar nach draußen gehen, ohne bemerkt zu werden. Sobald es zu dämmern begann, kehrte er in sein Zimmer zurück.

Eines Morgens war Hélène beunruhigt: »Sag mal, was hast du bloß? Dein Gesicht ist geschwollen!«

»Das ist nichts. Das ist das Xeesal.«

»Xeesal! Ein Mann ... und Xeesal!«

»Setz dich ein bißchen, Hélène, ich werde es dir erklären.«

Hélène dachte daran, daß sie wieder Ärger bekommen würde. Seit einigen Tagen hatte ihre Arbeitgeberin bemerkt, daß sie spät zur Arbeit kam. »Während alle anderen um halb acht schon arbeiten«, hatte sie zu ihr gesagt, »kommst du erst um acht hierher. So kann das nicht weitergehen. Wenn du keine Lust mehr hast zu arbeiten, dann brauchst du es nur zu sagen, und ich werde mir eine andere suchen.«

Das wäre Hélène eigentlich auch am liebsten gewesen, denn ihre Chefin war außerordentlich anspruchsvoll und dazu noch übermäßig geschwätzig. Sie redete und redete und schrie! Aber mit sechstausend Francs im Monat verdiente sie verhältnismäßig gut und sagte sich daher, daß es wohl besser sei, das andere in Kauf zu nehmen. »Denn schließlich bin ich zum Arbeiten hierher nach Ndakaarou gekommen.«

»Setz dich, Hélène. Nur einen Augenblick. Eine winzige Verspätung, das wird schon nicht so schlimm sein ... du kannst die Arbeit später nachholen, ich werde dir erklären ... Ich muß mich ein bißchen verwandeln ... Deshalb nehme ich Xeesal.«

»Wozu mußt du dich denn verwandeln?«

Hélène dachte bei sich, daß ihr Freund etwas seltsam geworden war.

»Ich habe da eine Idee im Kopf, eine ausgezeichnete Idee. Einen phantastischen Plan, den ich ausführen will, und dafür darf ich nicht wiederzuerkennen sein.«

»Bakar, hast du etwas Schlimmes vor? Du weißt, die Polizei findet zu guter Letzt immer die Leute, die ...«

»Nein, nichts Schlimmes ... für niemanden. Sag mir, Hélène, hast du meinen Vater gesehen, an dem Tag ... An jenem fraglichen Tag, an dem ihr mich heimgebracht habt, du und der Mann, von dem du mir erzählt hast?«

»Ja.«

»Wie hat er euch empfangen?«

»Oh! Er war sehr böse.«

»Hélène, weißt du, daß ich seit jenem fraglichen Abend für meinen Vater nicht mehr existiere?«

»Ach ...!«

»Wenn ich ihn grüße, antwortet er mir nicht. Er spricht nie mit mir. Ich habe noch zwei Schwestern, für die ich ebenfalls tot bin. Es sind Diriyanké. Wenn sie meine Eltern besuchen, tun sie die ganze Zeit so, als sei ich überhaupt nicht vorhanden.«

»Das ... das ist nicht richtig.«

»Ich weiß, daß ich in den Augen aller – außer in Sadas Augen –, ein Versager bin. Mein Leben hat keinen Sinn. Kannst du dir die Einsamkeit eines Menschen vorstellen, der sich bewußt wird, daß er in der menschlichen Gesellschaft keine Rolle mehr spielt?«

»Das muß schrecklich sein. *Nit nit ay garabam.*«

»Ich will mich an denen rächen, die mich abweisen und mich verachten. Ich will mich für Heuchelei und Lüge rächen. Deshalb will ich mich verwandeln.«

»Tu das nicht, Bakar. Das ist es nicht wert, es wird dir nichts nutzen.«

»O doch! Ich werde sehr viel Geld zusammenbekommen. Ich werde, da bin ich mir sicher, eine beträchtliche Summe ernten, und das auf die gerechteste, legitimste Weise.«

Hélène schüttelte den Kopf. Sie merkte, daß sie Herzklopfen bekommen hatte. Sie nahm den leeren Bool und ging hinaus.

Tante Ngonés Unruhe war der Angst gewichen. Bakar war seit einer Woche verschwunden.

»Ist nichts passiert?« fragte Sada.

»Nein«, antwortete Tante Ngoné. »Er hat sich mit niemandem gestritten. An dem Tag, an dem er wegging, saß ich alleine auf der Hausschwelle. Er hat mir gesagt, daß er in die Stadt ginge und bald wiederkäme. Das sagte er mir immer, wenn er ausging.«

Anfangs hatte sich Vater Oussèye um die ganze Angelegenheit wenig gekümmert. Weil Bakars Abwesenheit nun aber schon so lange dauerte, hatte er sich mit Sada und Bigué zusammengetan, um Nachforschungen anzustellen. Sie suchten möglichst unauffällig alle Polizeiwachen auf, aber ohne Ergebnis. In einer Nacht besuchten sie die Bars aller Viertel am Stadtrand, umsonst. Sie verbrachten beinahe eine ganze Nacht im weitläufigen Vorort Pikine. Keine Spur von Bakar.

Sada schlug daraufhin vor, im Radio eine Suchanzeige verlesen zu lassen.

»Vielleicht ist er verreist, ohne Bescheid zu sagen. Wenn er die Mitteilung hört, wird er ein Lebenszeichen geben.«

Als Tante Ngoné den anderen Familienmitgliedern diesen Vorschlag unterbreitete, verweigerte Yama ihre Zustimmung. Fanta unterstützte sie.

»Es kommt überhaupt nicht in Frage, daß wir so eine Mitteilung durchgeben lassen. Bakar ist alt genug, und ich bin mir sicher, daß er da, wo er jetzt ist, aus eigenem freien Willen ist. Wenn er wieder Lust bekommen sollte, nach Hause zurückzukehren, wird er es sicher auch tun. Warum sollen wir uns der Neugier und dem Klatsch aussetzen?«

In seiner Hütte in Colobane stellte Bakar fest, daß die Anwendung des Xeesal wirklich eine lästige Prozedur war.

»Unsere Schwestern haben vielleicht Nerven! Wieviel vergeudete Zeit, wieviel vergeudete Mühe. Sie benutzen diese verfluchte Seife, und der darin enthaltene Schwefel verbrennt ihnen die Haut, beißt und ätzt; dann warten sie eine halbe Stunde, waschen die Seife ab, reiben sich mit einem Handtuch trocken, reiben nochmals, tragen zum Schlafen die fette Creme auf und fangen am nächsten Tag wieder von vorne an! Denn die Haut nimmt anscheinend ihre natürliche Farbe wieder an, sobald man damit aufhört. Daran kann man sehen, wie stark die Natur ist, sie gewinnt immer wieder die Oberhand ... Es ist unglaublich, wie teuer man für das Künstliche bezahlen muß!«

»Mein Sohn, mein einziger Sohn, mein armer Sohn«, dachte Tante Ngoné, während sie die Perlen ihres Rosenkranzes durch die Finger gleiten ließ. »Ob ihm etwas passiert ist? *Ey cat, cat a ko dugg!* Möge der liebe Gott ihn mir heil und gesund zurückgeben!«

Sie war nicht untätig geblieben. Sie hatte Marabouts und Heiler konsultiert, die Kauris befragt und sich das Orakel der Widderhörner deuten lassen. Man empfahl ihr, verschiedene Opfer darzubringen – weiße Hammel, Hühner, Kolanüsse und so weiter –, und man versicherte ihr, daß ihrem Sohn nichts passieren und daß er sich bei ihrem Wiedersehen bester Gesundheit erfreuen würde. Deswegen war sie nicht weniger besorgt. Seit ihr Sohn verschwunden war, lebte sie in Angst. Sie hatte ihren Appetit und ihren Schlaf verloren und verbrachte den ganzen Tag in ihrem Zimmer am Fußende ihres Bettes mit dem Rosenkranz in der Hand und betete.

In Colobane lag Bakar auf seiner Matte. »Sicher, da ist meine Mutter, auch mein Vater; so schwierig er auch sein mag, er bleibt trotz allem mein Vater. Da ist auch Sada, Bigué ist da und Nabou. Welchen Schmerz werden sie empfinden, welche Enttäuschung, vielleicht sogar: welchen Haß, nach meinem Coup! Aber ich muß das Opfer bringen. Jede große Tat verlangt nach Opfern. Ich mußte mich entscheiden, und ich habe meine Vorbereitungen bereits getroffen. Es wäre nur feige, jetzt aufzugeben; es wäre unverzeihlich mir selbst gegenüber und gegenüber Hélène.«

»Hélène, jetzt brauche ich deine Hilfe.«

»Was soll ich tun?«

»Einen Arbeitstag opfern. Geh bitte an den Strand. Dort mußt du ruhig und geduldig warten, notfalls auch den ganzen Tag. Wenn niemand mehr am Strand ist, wenn du rundherum wirklich keine Menschenseele mehr siehst, dann nimmst du das Päckchen aus der Tasche und legst es am Strand ab.«

Der Kuskus, den Nabou zubereitet hatte, verbreitete einen aromatischen Duft. Drumherum saßen Vater Oussèye, Tante Ngoné und Nabou. Und außerdem hockten da auch noch das Schweigen, die Angst und die böse Vorahnung. Seit langem schon hatte dieses Herumsitzen um die Schüssel keinen funktionalen Sinn mehr, denn Nabou trug den Bool mit seinem Inhalt, der kaum angerührt war, hinterher in die Küche zurück, um das Essen später den bettelnden kleinen Koranschülern zu schenken.

Jemand klopfte an die Tür. Vor lauter Angst ganz verkrampft, blieben die Hände über dem Rand der Schüssel unbeweglich in der Luft. Alle blickten auf.

»Assalamou Alleykum.«

Der Mann hatte ein Päckchen dabei und Papiere. Er mußte ungefähr dreißig Jahre alt sein und sah anständig aus. Er war korrekt mit einem Kaftan aus blauer Baumwolle bekleidet. Vater Oussèye ging ihm entgegen. Tante Ngoné und Nabou saßen wie versteinert auf ihren Plätzen.

»Maalikum Salaam.«

»Ist es richtig, daß Bakar Diop hier wohnt?«

»Ja . . . «

Vater Oussèye reckte den Kopf, denn der andere Mann war so groß, daß er ihn überragte.

»Man hat diese Hose und diesen Kaftan am Strand gefunden. In der Tasche des Kaftans waren der Personalausweis und andere Papiere.

Er reichte Vater Oussèye das Paket. Der erkannte sofort Bakars schwarzen Kaftan wieder; er hatte ihn am Tage seines Verschwindens getragen.

»Ja, und? Wo ist Bakar?«

»Ich habe ihn nicht gesehen. Ich habe diese Kleidungsstücke gegen siebzehn Uhr am Strand von *Hann* gefunden. Zuerst dachte ich, daß ihr Besitzer schwimmen gegangen sei. Ich fand es leichtsinnig, die Sachen unbeaufsichtigt liegenzulassen, noch dazu an einem Ort, an dem sich oft Diebe herumtreiben. Als eine Stunde später immer noch niemand aufgetaucht war, um die Dinge zu holen, begann ich, unruhig zu werden. Daraufhin habe ich die Leute befragt, und eine Dame sagte, sie habe mitbekommen, daß sich an der Stelle, an der die Sachen lagen, jemand ausgezogen hatte. Sie war sich sicher, daß sie gesehen hatte, wie der Mann ins Wasser ging, aber sie habe ihn nicht mehr herauskommen sehen. Wir haben die Taschen durchsucht, und als die Frau das Paßfoto angeschaut hat, behauptete sie, daß der Mann, den sie gesehen hatte, dem Mann auf dem Bild ziemlich ähnlich sähe.

Tante Ngoné hatte sich einen Pagne über den Kopf gezogen und versuchte, damit ihr Schluchzen zu ersticken. Es war einfach zu schrecklich. Sie hatte es immer befürchtet, ohne es sich je wirklich vorstellen zu können. Nabou weinte nicht laut, aber die Tränen liefen ihr in Strömen hinunter und tropften auf ihre Brust. Sie hatte ihre weit aufgerissenen Augen starr auf den Mann gerichtet. Niemand hatte daran gedacht, ihm einen Stuhl anzubieten.

»Hat sie ihn wirklich ins Wasser gehen sehen?«

»So hat sie es behauptet. Was mich betrifft, so habe ich noch zwei weitere Stunden gewartet, ohne mich von der Stelle zu rühren. Da ich niemanden gesehen habe, habe ich es für meine Pflicht gehalten, hierherzukommen und es Ihnen zu sagen.«

Vater Ousséye fühlte, wie ihm die Brust eng wurde. Der Verlust eines Sohnes schmerzt, mochte er auch der schlimmste Tunichtgut auf Erden gewesen sein. Er begriff seine Verzweiflung – und seine Ohnmacht.

»Danke ... Möge Gott dich dafür belohnen.«

Er schwankte. Der Mann war ihm noch beim Hinsetzen behilflich, dann verabschiedete er sich.

»Er muß ertrunken sein«, dachte er. »Er hat sich sicher nicht umbringen wollen ... Warum hätte er sich umbringen sollen? Niemand hat ihm etwas getan ... Seit vierzehn Tagen ist er schon weg, warum sollte er bis heute gewartet haben, um sich umzubringen?«

Als Sada kam – seit Bakars Verschwinden war er immer bei Tante Ngoné, wenn er nicht gerade zu Hause aß oder arbeiten mußte –, mußte man ihm nichts mehr erklären. Er blickte von einem bestürzten Gesicht zum anderen, sah den zusammengerollten Kaftan, der immer noch auf Vater Ousséyes Knien lag, und nahm ihm Bakars Ausweis aus der Hand.

»Wie ist es passiert?« fragte er.

»Das Meer«, antwortete Vater Ousséye. »Er ist ertrunken.«

Auf Sadas Rat hin begab man sich nach Hann, um mehr zu erfahren. Sie gingen durch das Fischerviertel. Die Informationen, die sie hier sammeln konnten, bestätigten, was sie vorher erfahren hatten. Das Gerücht, daß ein Mann ertrunken sei, war bereits durch das Viertel gegangen, und viele Frauen behaupteten, auf dem Foto den Mann wiederzuerkennen, den sie am Strand gesehen hatten. Er war ins Wasser gegangen, aber niemand hatte ihn wieder herauskommen sehen.

Es gab keinen Zweifel mehr. Man mußte also darangehen, die Leiche zu suchen. Die zu Rate gezogenen religiösen Autoritäten erklärten, daß ab dem Moment, als man das Ertrinken festgestellt hatte, der Betreffende als tot galt. Es wurde empfohlen, die entsprechenden Gebete für ihn zu sprechen.

Sobald Hélène von ihrer Mission zurückgekehrt war, hörte Bakar Radio. »Sada muß sehr unglücklich sein«, dachte er. »Was Yama dagegen betrifft, so wird sie froh darüber sein, daß ihr lästiger Bruder verschwunden ist . . . «

Yama saß auf Tante Ngonés Bett und diktierte ihrem Sohn, einem kräftigen jungen Mann von etwa zwanzig Jahren: *Ousseye Diop, Kaufmann, rue Quattre Ecke Six, und seine Frau Ngoné Niang, Gueule-Tapée.*

»Adja Yama Diop und ihr Gatte Amar Ndiaye . . . Nein, nimm ein neues Blatt.«

»Was?« fragte der junge Mann wütend, denn es war nun schon das dritte Mal, daß sie mit dem Wortlaut nicht zufrieden war und er von vorne anfangen mußte.

»Papa«, sagte sie, »ich glaube, daß wir in dem Communiqué Serigne Oumar mit berücksichtigen müssen. Das wäre eine schöne Geste.«

»Mach, wie du denkst«, erwiderte Vater Oussèye. »Du weißt, ich verstehe nichts von diesen Dingen.«

»Amadou, schreib: *Serigne Oumar Drame, Oberhaupt der religiösen Gemeinschaften . . . Ousséye Diop* . . . Amar, müßte man nicht auch den Handelsminister nennen? Ihr seid zusammen aufgewachsen, und immer, wenn du ihn um etwas bittest, zögert er nie, dir zu helfen.«

»Es würde ihm sicher Freude machen, zu sehen, daß wir ihm unsere Dankbarkeit zeigen . . .«

So ging es bis in die späte Nacht. Yama stellte eine bedeutende Liste zusammen, auf der alle einflußreichen Leute von Ndaakarou standen, alle Persönlichkeiten des politischen und religiösen Lebens, alle Diriyanké, alle Verwandten, die echten wie die gefälschten, alle Bekannten, die langjährigen wie die flüchtigen. Yama vergaß nicht einmal die Góor-jigéen ihres Generalstabs.

»So werde ich auch noch berühmt«, sagte sich Bakar, als er am frühen Morgen die Mitteilung im Radio hörte. »Auf traurige Weise berühmt, denn ich mußte sterben, damit all diese Leute, die nicht das Geringste über mich wissen, die nicht einmal wissen, daß es mich gibt, einen freundlichen Gedanken an mich verschwenden.«

Das Radio hörte gar nicht mehr auf, einen Namen nach dem anderen herunterzuleiern – Namen auf Namen auf Namen. An diesem Morgen gab es keine weiteren Todesanzeigen, denn das Communiqué über Bakars Tod dauerte genau dreißig Minuten, genau die Zeit, die insgesamt für die morgendlichen Nekrologe vorgesehen war. Zuletzt hörte Bakar, wie der Sprecher ansagte, »daß aus zwingenden zeitlichen Gründen der Rest der Liste erst im Anschluß an die nächsten Nachrichten verlesen werden kann«.

In der Rue Quattre wogte eine riesige Menge. Das Haus der Familie von Ousseye Diop war schwarz vor Menschen – Menschen jeder Gestalt und jeden Alters. In dem langsamen Gedränge der Leute, die alle einen Platz zum Hinsetzen suchten, bemerkte niemand Bakar. Er hatte die helle Hautfarbe von Leuten, die lange krank gewesen sind. Sein gebeugter Rücken gab ihm das Aussehen eines Greises. Er trug einen Turban und sein langer, weiter, verknitterter Boubou ließ kaum die Spitzen der gelben Lederpantoffeln sehen. Er sah aus wie ein Asket aus den Savannen.

Die einen weinten wie Yama, die im Kreis ihrer Schwestern und ihrer Mutter saß. Sie trug eine dunkle Sonnenbrille mit großen Gläsern, und die Anwesenden konnten an ihrem Gesicht den tiefen Schmerz ablesen. Andere trösteten die bedauernswerte Familie, und wieder andere hielten feierliche Reden, die von zahlreichen gesenkten Köpfen scheinbar aufmerksam verfolgt wurden. Bakar hörte, wie man seinen Verwandten immer wieder sagte: »Wir verstehen eure Verzweiflung, denn euer Verlust ist groß. Alle Welt weiß, was Bakar Diop für euch bedeutete. Er war viel zu vollkommen, um lange zu leben. Aber denkt daran: ›Wer im Wasser stirbt, kommt direkt ins Paradies; er wird das Fegefeuer nie kennenlernen.‹«

Es wurden zahlreiche Kommentare abgegeben. Man hatte trotz der gründlichen Suche und des Einsatzes der erfahrensten Fachleute auf diesem Gebiet nicht die Leiche gefunden.

»Der Freitag ist ein schwerer Tag«, erklärten alte Frauen. »Und außerdem gibt es immer wieder Körper, die das Meer nicht zurückgibt. Dieser Junge hatte solch ein gutes Herz ...«

»Da haben wir es«, dachte Bakar. »Bald werde ich ein Heiliger sein. Ich könnte schwören, daß sie noch nie etwas von mir gehört haben, keine dieser alten Frauen, die mir jetzt die kostbarsten Tugenden zuschreiben: Ist das Gedankenlosigkeit oder Heuchelei? – Vielleicht beides, denn das Alter verleiht ihnen immer eine unerschütterliche Ehrbarkeit, gleichgültig, welches Leben sie vorher geführt haben. Als ich ein Kind war, wußte ich immer, sobald ich eine größere Gruppe alter Frauen sah, daß etwas Ernstes passiert war oder gleich passieren würde ... Ach! Diese Alten!«

Er hielt, wie alle anderen auch, einen Rosenkranz in der Hand und beobachtete von der Bank aus, auf der er saß, die Menge: »Unter all denen, die dort sind und um mich weinen, ist kein einziger, der an mich denkt, kein einziger, der erschüttert ist, weil Bakar Diop jetzt tot ist. Die einen weinen nur zur Schau, weil es zum guten Ton gehört, bei Begräbnissen zu weinen, andere ahmen einfach nach, denn Tränen sind ansteckend; wieder andere, die nur an sich selbst denken, weinen um ihren eigenen Tod und weil sie Angst davor haben. Jedes Sterben erinnert sie an die nahe oder ferne Wirklichkeit ihres eigenen Todes. Das ist der einzige Grund, warum sie weinen; so gesehen, sind sie die ehrlichsten.«

Er betrachtete Sadas Augen hinter den Brillengläsern. Er sah dessen Niedergeschlagenheit, er sah das Gesicht, das ebenso Müdigkeit nach langen schlaflosen Nächten wie Bestürzung verriet. Er sah in all dem die Fassungslosigkeit eines Mannes, der aufrichtig trauerte.

»Auch ihm werde ich eine böse Überraschung bereiten. Was für ein Jammer! Er wird enttäuscht sein ... Vielleicht wird er aber auch verstehen; bis jetzt hat er mich immer verstanden. Ich muß allerdings zugeben, daß ich nie viel für ihn getan habe ... Ja ... Aber wenn das so ist, ist es dann wirklich nur meine Schuld? Oh, er wird mich sicher verstehen.«

Niemand konnte wissen, daß Bakar anwesend war. Er genoß ein Privileg, das keinem Sterblichen jemals vergönnt ist: Zuschauer bei der eigenen Beerdigung zu sein.

»Das wird es kein zweites Mal geben. Die Menschen lieben Wiedergänger nicht. Man soll ein für allemal verschwinden und dann alle in Ruhe lassen. Wenn man wiederkehrt, stört man nur den Seelenfrieden der Lebenden, und das ist unverzeilich ... Wenn ich eines Tages wirklich von dieser Welt gehe und dann alle – sicher werden es nicht sehr viele sein – wissen, daß ich endlich und endgültig tot bin, wird mein echtes Begräbnis sicher lange nicht so prachtvoll sein.«

Der Trauerzug der Kondolierenden riß nicht mehr ab. Überall waren Männer, Frauen. Das Haus war voll, die ganze Rue Quattre war ein einziger Auflauf.

»Möge Gott dir, dir und deiner Familie, die Kraft geben, zu vergessen.«

Ngoné Niang hatte diesen frommen Wunsch bereits unzählige Male gehört.

»Sie wird nie vergessen«, dachte Bakar bei sich. »Sie weint nicht, aber ich bin sicher, daß ihr das Herz blutet. Möge Gott mir all das Leid vergeben, das ich ihr zugefügt habe.«

Plötzlich erblickte Bakar zwei massige Burschen, die mit Mühe einen kräftigen Stier mit furchterregenden Hörnern herbeiführten. Einen Moment lang herrschte Panik, jeder versuchte, sich in Sicherheit zu bringen. Die Frauen ließen ihre Schuhe und ihre Tücher zurück und liefen weg, um das mächtige Tier vorbeizulassen, das sich nicht dem Willen seiner beiden Wärter beugen wollte. Im Bruchteil einer Sekunde hatten alle, die mit Bakar auf der Bank gesessen waren, ihre Plätze geräumt; einer von ihnen hatte ihm beim Aufstehen zugerufen: »Serin bi, geh da weg!«

Der überraschte Bakar wäre beinahe gestürzt, denn als er aufstehen wollte, war ihm der Saum des Boubou unter die Pantoffeln geraten. Aber bald beruhigte sich alles wieder. Bakar sah die Frauen zurückkehren, nachdem sie ihre verstreuten Habseligkeiten wieder eingesammelt hatten. Sie lachten über ihr Mißgeschick; die Maske der Traurigkeit war verschwunden, und die Unterhaltungen begannen.

Als man die Bank wieder an ihren alten Platz zurückgestellt hatte, wagte Bakar zu fragen: »Wozu ist der Stier gedacht?«

»Ich weiß es auch nicht genau. Ich glaube, er ist für morgen. Morgen wird der ›dritte‹ Trauertag sein . . . «

»Kanntest du den Verstorbenen?« fragte Bakar.»

»Nein, ich habe ihn nie gesehen. Aber schau nur, wie die Frauen sich verhalten. Sie haben den Toten schon vergessen. *Ku dee yaa nakk sa bakkan.*«

Bakar nickte.

»Sie nehmen nichts mehr ernst«, fuhr der andere fort. »Selbst den Tod haben sie entweiht; Trauerfeiern sind zu Fiestas geworden. Warte bis morgen, du wirst schon sehen . . .«

Am nächsten Tag stellten sich die Gäste bereits ab den frühen Morgenstunden ein. Alle umliegenden Häuser füllten sich, ohne daß die Straße leerer wurde. Um diese unzählbare Schar unterzubringen, hatte Yama entlang der Straße auf einer Länge von ungefähr hundert Metern Sonnensegel aufspannen lassen, denn sie sagte sich – und sie sollte recht haben –, daß viele Leute kommen würden, weil dieser Trauertag auf einen Sonntag fiel.

Mit dem Rosenkranz in der Hand saß Bakar auf einem Stuhl in dem Zelt, das gegenüber dem Haus aufgestellt worden war. Er sah die Holzfeuer, über denen riesige, bauchige Kessel auf ihren drei Eisenfüßen standen und in denen die Festspeisen vor sich hin köchelten.

»Um mein Dahinscheiden würdig zu begehen, haben sich all diese Frauen mit ihren schönsten Sachen geschmückt. Ein Wettbewerb der Eleganz. Geschmeide, Perücken, Xeesal. Heute ist wirklich der Tag des Xeesal! Wenn man spaßeshalber diejenigen zählen würde, die diesen Kult nicht mitmachen, wäre man sicher bald fertig ... Aber mir fällt jetzt erst auf, Yama bleicht sich nicht! Diese Frau wird für mich immer ein Rätsel bleiben. Dabei fehlen ihr nicht die Mittel dazu noch die Vorbilder ... Schluß mit der frommen Andacht! Jetzt ist die Zeit für Freude und Versöhnung gekommen, denn sogar Mame Aïssa ist hier, um mir den letzten, posthumen Beweis ihrer Liebe darzubringen.«

»Setzt euch bitte! Wir bitten um Ruhe!«

Bakar erkannte in dem Mann, der ins Mikrophon sprach, Malobé Niang, den Góor-jigéen, Yamas Vertrauten.

»Wie ihr wißt, geht uns allen der Tod des Mannes, der uns verlassen hat, sehr nahe, der Tod des Mannes, der Adja Yamas Bruder war. Hier sind viele Leute, die dieser Familie ihre Solidarität lieber unter weniger unglücklichen Umständen gezeigt hätten, aber da Gott gewollt hat, daß es so sein soll, müssen wir uns seinem Willen beugen ...«

Bakar ließ seinen Blick über die herrlichen Kleider gleiten, die fröhlichen Farben; über die riesigen Töpfe, in denen dort hinten im Hof über dicken Holzscheiten die Speisen brodelten, über die Frauen, die sich mit den Säumen ihrer Boubou den Schweiß abwischten.

Malobé informierte die Menge über die Gesten der Anteilnahme all derer, die den Schmerz von Yama und ihrer Familie teilten. Bigué schrieb alle Summen, die Malobé aufzählte, in ein Heft, während Yama als Älteste kassierte.

»Amar Ndiaye drückt sein Beileid aus. Er gibt als *Sarax* hunderttausend Francs; außerdem hat er auch den Stier gespendet, der für das Essen der Gäste geschlachtet wird.«

»Ich werde eine gute Ernte einbringen«, dachte Bakar. »Oh! Ich werde nicht diese vielen Schafe und den Stier mitnehmen können, aber ich werde ein hübsches Sümmchen ernten ... Ein Vermögen für Hélène ... Ab morgen wird sie reich sein. Und vielleicht wird sie mich doch heiraten wollen. Aber ich werde sie nicht darum bitten; wenn sie einwilligen würde, würde ihr Bild in meinem Herzen an Glanz verlieren. Ich will sie lieber weiterhin in ihrer Reinheit vor mir sehen. Wenn ich ihr das Geld zugeworfen habe, werde ich für immer verschwinden, sie wird nie wieder von mir hören ...«

Es dauerte lange, sehr lange. Bakar konnte nicht anders, gelegentlich ließ er sich etwas ablenken. Dort hinten im Hof bei den Töpfen wischte die Frau, die sich vorhin in den Saum ihres Boubou geschneuzt hatte, jetzt mit dem gleichen Saum einen Teller ab.

»Gleich wird man von diesen Tellern essen, die man gewaschen und dann wieder schmutzig gemacht hat, mit staubigen Boubous und Pagnes, mit schmierigen Kopftüchern ... Sie haben diese Manie, alles abzuwischen ... Und sie kümmern sich bei diesen Vorbereitungen im großen Stil nicht um die Sauberkeit. Ich habe eines Tages bei einer Namensgebung feststellen müssen, daß sie die Kuchen und die Getränke in den Toiletten eingeschlossen hatten. An jenem Tag ist mir schlecht geworden, als ich den gelblichen Schmierfilm in den Toiletten sah, das schmutzige Wasser am Boden – und erst der Geruch! Ich bereute es, mir den Schlüssel für das WC geholt zu haben, und seit diesem Tag esse ich bei Feiern nichts mehr.«

Rund um das Mikrophon herrschte ein irrsinniges Chaos, denn alle, die einen Beitrag leisteten, schrien ihren Namen hinein, damit man sie nicht übersah. Bakar sah, wie Maïmouna Yama etwas ins Ohr flüsterte und ihr etwas gab.

»Über diese fünftausend Francs von Sada werden sie sicher nur lachen; was bedeuten ihnen schon die Schätze, die ich Sada verdanke ...«

Es ging den ganzen Tag so weiter. An Essen mangelte es nicht: Gegrilltes Fleisch, köstliche Gerichte aus Reis und Fisch, Früchte, Kuchen, Getränke aller Art wurden den Gästen großzügig dargereicht. Von dem Verstorbenen wurde nur selten gesprochen.

Bakar saß einfach nur da und ließ die Perlen seines Rosenkranzes durch die Finger gleiten. Er wartete geduldig auf das Ende des Festes. Als alle Gäste gegangen waren, blieb nur noch Bakar im Hof zurück. Er saß mit gekreuzten Beinen auf einer Bank. Niemand dachte daran, ihn zu fragen, was er zu so später Stunde dort machte.

Im Zimmer von Tante Ngoné hatte sich die Familie vollständig versammelt. Yama führte das Wort, Bigué hielt ein Heft, die anderen hörten zu. Bakar klopfte dreimal kurz an die Tür, die von innen verriegelt war.

»Das ist unverschämt!« sagte Yama. »Wenigstens jetzt könnten sie uns in Ruhe lassen! Daß mir niemand an die Tür geht!«

Bigué las vor: Immer, wenn sie eine Summe genannt hatte, nahm Yama die entsprechende Anzahl von Banknoten aus der Tasche, die sie bei sich hatte, und legte das Geld vor sich auf die Matte. Wieder hörten sie es dreimal leise, aber bestimmt klopfen.

»Laß ihn doch bis morgen früh klopfen«, schlug Fanta vor. »Es muß jemand sein, der überhaupt kein Benehmen hat.«

Jetzt wurde wieder geklopft, stärker, drängender.

»Und wenn ich nachschauen würde, wer es ist?« fragte Vater Oussèye.

»Nein«, antwortete Yama. »Was soll denn das! Man muß sich doch auch einmal ausruhen können!«

Jetzt klopfte es ununterbrochen. Tante Ngoné starrte beunruhigt auf die Tür.

»Los, Bigué«, forderte Fanta sie auf. »Mach weiter. Wenn er es müde geworden ist, wird er wieder weggehen.«

Er wurde es nicht müde. Dafür wurde es ihnen allen bald zuviel. Yama warf einen Schal über das Geld.

»Papa, mach auf und sage ihm, daß man um diese Zeit niemanden stört!«

Sobald Vater Oussèye die Tür einen Spalt weit geöffnet hatte, drängte sich Bakar mit Gewalt ins Innere des Zimmers. Man bedachte ihn mit wütenden Blicken. Bakar ließ seinen Rosenkranz fallen. Er nahm seinen Turban und seinen Boubou ab.

Man hätte meinen können, der Blitz hätte eingeschlagen, als sie Bakars blauen Kaftan wiedererkannten, den selben, den er am Tage seiner Entlassung getragen hatte.

»Hilfe, was ist das?« schrien sie alle gleichzeitig und alle auf die gleiche Weise entsetzt.

»Ich bin es, Bakar Diop, euer Sohn, euer Bruder, ich bin zurückgekommen ...«

»La illah ha illa là. Lii lan la?«

Sie erschauerten. Sie hatten keinen Zweifel. Das war Bakars abgemagertes Gesicht.

»Ich bin wieder auferstanden«, fuhr er fort. »Und wißt ihr, warum? Um mir meinen Sarax zu holen. Der liebe Gott hat mich deshalb hierhergeschickt.«

Er ließ ein sarkastisches, unheimliches Lachen hören.

Ein schreckliches Entsetzen ergriff sie. Sie verloren jegliches Urteilsvermögen, niemand dachte auch nur im entferntesten daran, daß Bakar ihnen einen Streich gespielt haben könnte, zumal er wirklich wie ein Gespenst aussah – mit seinem Kaftan, der ihm viel zu weit war, seiner zum Skelett abgemagerten Gestalt und seinem furchterregend fahlen Gesicht. In einer Welt, in der man an Wunder glaubt, wird jedes Ereignis, das sich wie ein Wunder darstellt, auch widerspruchslos als solches hingenommen.

Im Zimmer herrschte ein wildes Durcheinander. Jeder wollte eigentlich fliehen, wurde aber gleichzeitig von der Angst dort auf seinem Platz festgenagelt. Fanta begann furchtbar zu schreien und rief um Hilfe. Tante Ngoné fiel in Ohnmacht. Vater Oussèye machte sich daran, zitternd Koranverse zu rezitieren. Bigué hatte ihren Kopf in ihrem Tuch verborgen und Yama, die immer noch stand, schwitzte dicke Tropfen. Sie stieß keinen Schrei aus, sie sagte kein einziges Wort, aber ihre großen Katzenaugen waren in einem festen, wilden Blick auf Bakar gerichtet, der auf sie zuging.

»Ich bin gekommen, um meinen Sarax zu holen, Yama. Der liebe Gott ist es, der mich herschickt...«

Als Bakar vor ihr angekommen war, wich Yama keinen Schritt zurück. Wie geistesabwesend sah sie zu, wie er sich zu ihren Füßen hinkauerte und das ganze Geld nahm, das sich noch in der Tasche befand oder unter dem Schal lag.

Auf einmal riß sie sich ihr Tuch vom Kopf und ergriff das Bündel von Talismanen, das mit einer Nadel an ihren Haaren befestigt war. Sie schleuderte es von sich und begann zu kreischen. »Er ist zurückgekehrt! Bakar Diop! Bakar Diop ist wieder auferstanden!«

Gemessenen Schrittes, als tanze sie, ging sie aus dem Zimmer und dann aus dem Haus. Sie tanzte inmitten der schwarzen Nacht auf nackten Füßen, zerriß ihre Kleider und schrie: »Er ist wiedergekehrt! – *Wooy*, er ist wiedergekehrt! *Bakar Diop dekki na!*«

Glossar

Adduna neexul: Das Leben bereitet Überraschungen (d. Aut.)

Adja: Ehrentitel, den eine Frau tragen darf, die die Wallfahrt nach Mekka gemacht hat (d. Übs.)

Al amdulilaay: Gott sei Dank (d. Aut.)

Anango: weites Hemd, das in Afrika getragen wird (d. Aut.)

Assalamou Alleykum: Der Friede sei mit dir/euch (d. Übs.)

Baay: wörtl. Vater; auch als höfliche Anrede eines Mannes durch eine Frau gebräuchlich (d. Übs.)

Badoolo: Mann von niedriger sozialer Herkunft oder moralischer Einstellung (d. Aut.)

Bajàn: Tante väterlicherseits oder Patin (d. Aut.)

Bakar Diop dekki na! Bakar Diop ist ins Leben zurückgekehrt! (d. Übs.)

Ban gatia nangoo dee: Nie die Schmach, lieber den Tod (d. Aut.)

Belote: französisches Kartenspiel (d. Übs.)

Bôli: eine sehr große Schüssel (d. Aut.)

Bool: Mahlzeit (d. Aut.); wörtlich: Schüssel (d. Übs.)

Boubou: weites Oberteil, geschnitten wie ein Poncho und unter den Armöffnungen beziehungsweise an den angeschnittenen Ärmeln zusammengenäht; der Halsausschnitt kann bei den Boubous für Frauen sehr großzügig sein (d. Übs.)

Caakri: Sauermilch, in der kleine, dampfgegarte Hirsebällchen schwimmen (d. Aut.)

Ceebu jën: Reis mit Fisch (d. Aut.)

Colobane-Isine: Stadtviertel von Dakar, Zielort der Sammeltaxis

Dëmm: menschenfressender Hexer (d. Aut.)

Dial Diop: ein Stadtviertel in Dakar, in dem viele Menschen in eingeschossigen Holzhäusern mit deutlichem Barackencharakter lebten; es wurde inzwischen zum Teil saniert (d. Übs.)

Dieuppeul: Stadtviertel von Dakar, das zu den *Sicap*-Vierteln gehört (d. Übs.)

Diriyanké: Kurtisane, Frau von Welt (d. Aut.) – Frauen, bisweilen von leichterer Moral, bisweilen aber auch nicht, die sich einen regelrechten Hofstaat leisten und darin die reichen und einflußreichen Männer kopieren; die Diriyanké schaffen sich auf diese Art einen sozialen Status und eine Basis von Gönner-Klientel-Verhältnissen, auf der sie geschäftliche und möglicherweise auch politische Aktivitäten aufbauen (d. Übs.)

El Hadji: Ehrentitel für einen Mann, der die Wallfahrt nach Mekka gemacht hat (d. Übs.)

Ey cat, cat a ko dugg: In seiner Bedeutung kommt dieser Satz dem deutschen »Unberufen« gleich (d. Übs.)

Fass: Stadtviertel von Dakar

Fourneaux: eigtl. fourneaux malgaches – Kohle- oder Glutbekken aus Metall (d. Übs.)

Góor-jigéen: wörtl.: »Mann-Frau«. Der Ausdruck bezeichnet Männer, die in der Öffentlichkeit in Frauenkleidern auftreten und in dieser Rolle einen fest umrissenen Platz in der Gesellschaft haben (d. Übs.)

Gor: Edler, Adliger; höchste Rangstufe der traditionellen Hierarchie (d. Übs.)

Gorgi: »Mein Herr« – Anrede (d. Aut.)

Grand-Dakar Isine: Stadtviertel von Dakar, Zielort der Sammeltaxis (d. Übs.)

Grand-Dakar Sicap: Stadtviertel von Dakar, Zielort der Sammeltaxis (d. Übs.)

Griot: Preissänger (d. Übs.)

Gueule-Tapée: Stadtviertel in Dakar (d. Übs.)

Hann: Stadtviertel von Dakar (d. Übs.)

Jom: Ehre (d. Aut.)

Kasara: Verdammter (d. Aut.)

Khalam: traditionelles Musikinstrument, ursprünglich der Wolof; ähnelt der Mandoline (d. Übs.)

Kii kana: wörtl. »Wer ist das?« (d. Aut.)

Kola: Geld »für die Kola«, das heißt für Kolanüsse, ist ein Taschengeld, ein Trinkgeld, eine Entsprechung zu unserem Blumenstrauß oder der Flasche Wein – ein Mitbringsel also. Man kann die Formulierung aber auch als höfliche Umschreibung für eine Bestechung verwenden oder um ein großzügiges Geschenk bescheiden erscheinen zu lassen. Auch in Senegal ist bekannt, daß kleine Geschenke die Freundschaft erhalten. Anders als bei uns gilt es nicht als unfein oder taktlos, Geld zu verschenken. (d. Übs.)

Kora: traditionelles Musikinstrument, ursprünglich der Mandi; dieses Saiteninstrument, das gezupft wird, findet auch in der modernen Musik, unter anderem der von Mory Kanté und Baaba Maal, Verwendung (d. Übs.)

Ku dee yaa nakk sa bakkan: wörtl.: »Nur der Tote verliert«; ergänzt werden muß: »das Leben«. Damit will man sagen, daß man schnell vergessen wird und daß die Angehörigen und Bekannte nicht unter dem Tod eines nahestehenden Menschen leiden (d. Aut.)

La illah ha illa là. Lii lan la: Wortspiel auf Arabo-Wolof: »Gott ist groß. Wer ist das?« (d. Übs.)

Lu jongoma bëgg yal nay jamm: Was eine Frau will . . . (d. Aut.)

Maalikum Salaam: Mit dir sei Friede (d. Übs.)

Mamelles: felsige Inseln vor Dakar, wegen ihrer Form »Mamelles«, also Brüste, genannt (d. Übs.)

Maquis: wörtl. Dickicht, Busch; bezeichnet in dieser Region ein Viertel, ein Lokal oder eine Gruppe von Leuten mit zweifelhaftem Ruf (d. Übs.)

Marabout: hier ein Mann, der unter Zuhilfenahme von traditionellen Mitteln und Elementen des islamischen Volksglaubens weiße und schwarze Magie praktiziert (d. Übs.)

Mbër: eigtl. Ringkämpfer; wird auch, wie hier, umgangssprachlich als Anrede für Kameraden oder Freunde benutzt (d. Aut.)

Méchoui: gebratenes Schaffleisch (d. Übs.)

Medina: »Altstadt«; Stadtviertel von Dakar (d. Übs.)

Meine Frau, mein Mann: im Rahmen einer traditionell etablierten »joking relationship« werden die Ehegatten von Freunden und Brüdern als »eigene« Ehegatten angesprochen (d. Übs.)

Mouna: Abkürzung von Maïmouna (d. Übs.)

Nawle: im sozialen Rang Gleichstehender (d. Aut.)

Ndaanaan: Mann von Welt, reicher Mann (d. Aut.)

Ndakaarou: die Bezeichnung der Wolof für »Dakar« (d. Übs.)

Ndiambour: Region um die Stadt Louga, südöstlich von Saint Louis (d. Übs.)

Neeno: Mitglieder einer Kaste (d. Aut.); Angehörige von Familien, die in der sozialen Hierarchie niedrig eingestuft werden und die traditionellerweise mit den Familien des früheren Adels verbunden sind, diesen Gefälligkeiten erweisen und dafür unter ihrem Schutz stehen (d. Übs.)

Ngor: Würde (d. Aut.)

Nîmes-Bäume: Alleebäume, deren Blätter Insekten vertreiben und als Heilmittel Verwendung finden (d. Übs.)

Nit nit ay garabam: wörtl. »Der Mensch, der Mensch ist sein Heilmittel«; hier im Sinne von: »Man braucht die anderen« (d. Aut.)

Njaago: Pagnes, die von den Njaago, einem Volk in der Casamance, gewebt werden (d. Übs.)

Ouakam: Stadtviertel von Dakar in relativer Entfernung vom Zentrum gelegen (d. Übs.)

Pagne: Stofflänge mit festgesetzten Maßen, die den Frauen als Wickelrock dient, aber – je nach Stoffart – auch zum Betten von Babys, als Tischdecke, Laken, Zudecke und so weiter verwendet werden kann (d. Übs.)

Quinquéliba: combretum micranthum – Pflanze aus der Familie der Cobretazeen, aus deren getrockneten Blättern man einen Tee bereitet, der in Senegal traditionell zum Frühstück getrunken wird (d. Übs.)

Ruy: wörtlich: Brei; hier die Summe, die der Ehemann für die Feier der Namensgebung zur Verfügung stellt (d. Aut.) – gemäß der Tradition bräuchte den Gästen nur ein Getreidebrei oder aber Sauermilch mit Getreideeinlage gereicht werden; die Auswüchse, die die Autorin hier kritisiert, waren und sind in Senegal Realität (d. Übs.)

Sa yaaye liggéey na!: Deine Mutter hat ihre Arbeit gemacht! (d. Übs.)

Sabador: eine Art Kaftan (d. Aut.)

Sakkala: Lücke zwischen den mittleren beiden oberen Schneidezähnen (d. Aut.); gilt in der Region als sehr sympathisch, glücksbringend bis erotisch (d. Übs.)

Sandaga-Markt: größter Markt im Zentrum Dakars (d. Übs.)

Sarax: Opfer/Gabe anläßlich eines Todesfalls; auch ein Zeichen der Beileidsbekundung (d. Übs.)

Serin bi: »Mein Herr« – noch respektvollere Anrede als *Gorgi* (d. Aut.)

Sicap: Abkürzung für »Société immobilière du Cap Vert«

Sicap-Viertel: die Häuser und Wohnungen der Sicap-Viertel gehen auf Mietkaufbasis an die Mieter über (d. Übs.)

Siiskat: jemand, der das Essen nicht mit unangemeldeten Besuchern teilen möchte (d. Aut.)

Soumbedioune: Fischer-Viertel am Rande der Dakarer Innenstadt

Surga: der, der jemand anderem untergeordnet ist (d. Aut.)

Sutura: Würde (d. Übs.)

Tabalas: flache maurische Trommeln (d. Übs.)

tätowiertes Zahnfleisch: Bei den Wolof ließen sich die jungen Mädchen früher das Zahnfleisch, die Lippen und die äußere Umgebung des Mundes tätowieren. Dies entsprach dem Schönheitsideal und galt den Mädchen als Mutprobe. Mit diesem Körperschmuck trifft man heute noch Frauen an, kaum aber junge Mädchen. (d. Übs.)

Taneber: großes Fest mit Trommelmusik (d. Aut.)

Tilène: Stadtviertel von Dakar, das sich an Medina anschließt (d. Übs.)

Tisbaar: gegen 14 Uhr Ortszeit (d. Aut.)

Toroobé: Aristokraten bei den Toukouleur (d. Aut.)

Tour: Empfang, der reihum gegeben wird (d. Aut.)

Trois Cocotiers: Drei Kokospalmen (d. Übs.)

Wallaay: gewiß (d. Aut.)

Wooy: Ausdruck des Schmerzes und der Bestürzung (d. Übs.)

Xeesal: Creme, mit der man die Haut bleicht; Bleichcreme (d. Aut.)

Yêt: Meeres-Weichtier, das nach einer besonderen Zubereitung einen starken Geruch entwickelt (d. Aut.); wichtige Zutat für Soßen (d. Übs.)

Aminata Sow Fall
Der Streik der Bettler

Roman

Aus dem Französischen von Caroline Gutberlet
Mit einem Nachwort von Peter Schunck

Aminata Sow Fall thematisiert die Verfallenheit der afrikanischen Gesellschaft, deren herrschende Schicht nicht in der Lage ist, die eigenen Interessen denen der Gemeinschaft unterzuordnen.
Die Bettler werden als »menschlicher Abfall« bezeichnet. Ihnen wird bewußt, daß nicht die Freigebigen ihnen einen Dienst erweisen, sondern daß sie – die Bettler – den Gläubigen die Erfüllung der religiösen Pflicht des Almosengebens, die der Koran vorschreibt, ermöglichen, daß die Vorstellung, daß sich das Schicksal durch Opfergaben an die Armen beeinflussen läßt, ihre Anwesenheit voraussetzt. So treten sie in Streik ...

»Das Verhalten der Armen im ›Streik der Bettler‹, ihre Solidarität, ihre Menschlichkeit und ihre Gewaltlosigkeit, verkörpert den Widerstand des alten Afrika gegenüber der Aggressivität der neuen, vom Westen beeinflußten Oberschicht ...«

(Peter Schunck)

Ein Buch aus dem Lamuv Verlag